Collection MAX DU VEUZIT

LE MYSTÈRE DE MALBACKT

A la librairie TALLANDIER

Dans la même collection :

1. L'Étrange petit comte.
2. La Jeannette.
3. A l'ombre d'un cœur.
4. Vers l'unique.
5. Le vieux puits.
6. Moineau en cage.
7. Le Mystère de Malbackt.
8. Les Héritiers de l'oncle Milex.
9. Petite comtesse.
10. L'Homme de sa vie.
11. L'Inconnu.
12. Nuit nuptiale.
13. Mirages.
14. L'Automate.
15. La Belle étrangère.
16. L'Amour relève le gant.
17. Rien qu'une nuit.
18. Cousine Yvette.
19. Sainte-Sauvage.
20. Fille de prince.
21. Arlette et son ombre.
22. La Mystérieuse inconnue.
23. L'Enfant mystérieuse.
24. Le cœur d'ivoire.
25. Moustique.
26. Châtelaine un jour.
27. Mariage doré.
28. Sa maman de papier.
29. Un singulier mariage.

MAX DU VEUZIT

LE MYSTÈRE DE MALBACKT

TALLANDIER
61, rue de la Tombe-Issoire, PARIS (XIVe)

LE MYSTÈRE DE MALBACKT

CHAPITRE PREMIER

Ma mère mourut en me donnant le jour et mon père ne lui survécut que quelques années à peine.

A la mort de ce dernier, comme je n'avais pas de proches parents pour me recueillir, on demanda à un cousin éloigné de ma mère, de consentir à me servir de tuteur.

Il s'appelait Evérard Dunbuy et habitait un vieux manoir près de Dumfries en Ecosse.

Les liens de parenté qui me rattachaient à cet homme étaient plutôt vagues et il fallait remonter à plusieurs générations pour les établir. Cependant, comme il avait été en relation d'affaires avec mon père, il ne fit pas trop de difficultés pour accepter la tutelle qu'on lui offrait.

Il vint même de Dumfries à Guingamp — ville que mes parents avaient toujours habitée — pour me voir et prendre les mesures relatives à mon éducation dont il entendait ne point se charger.

— Je suis veuf, expliqua-t-il au notaire qui s'occupait de mes intérêts, et je vis seul, avec quelques serviteurs à Malbackt. — C'était le nom de son domaine. — Je ne puis me faire l'éducateur de cette enfant. Il lui faut des soins maternels à son âge, et je suis certain qu'elle les trouvera plus facilement dans son pays d'origine qu'en Angleterre dont elle ne connaît pas la langue. D'ailleurs, il me paraît naturel qu'elle reçoive exactement la même instruction que ses parents lui eussent donnée, s'ils avaient vécu.

Ce raisonnement parut très sage à Me Le Uanec, le notaire, qui le comprit d'autant mieux que sir Evérard Dunbuy passait pour être très riche, alors que moi je ne possédais presque rien.

Il fut donc convenu que j'entrerais au couvent de Saint-Brieuc et que j'y resterais jusqu'à ce que mon éducation fût complètement achevée. Mon tuteur me ferait connaître ensuite ses intentions à mon égard.

Ce ne fut que la veille de mon départ pour la pension que je vis celui de qui dépendait désormais ma destinée.

Quoiqu'il y ait longtemps de cela, je me souviens très bien de l'impression pénible qu'il me causa quand, tenant fortement la main de ma nourrice qui m'accompagnait, je pénétrai dans le cabinet de Me Yves Le Uanec.

C'était un petit homme au ventre gros et aux jambes grêles. Il portait un binocle derrière lequel ses yeux gris paraissaient durs et perçants. Deux favoris roux pendaient de chaque côté de son visage, donnant à sa physionomie je ne sais quel aspect rêche et désagréable.

— Ah ! voici la petite Marguerite. Elle n'est pas belle ! fit-il dans un bon français ne rappelant que de loin son accent britannique.

Un peu effrayée par l'exclamation dont il avait salué mon arrivée, je me blottis plus encore contre ma nourrice.

Le notaire se leva et vint vers moi.

— Approchez, mon enfant ; venez embrasser

votre tuteur, dit-il doucement en me tirant par la main.

— Oh ! non, non ! criai-je. Nounou, ne me quitte pas !

Et je résistai, me cramponnant aux robes de celle-ci qui essayait de me rassurer.

— Non, elle n'est pas belle ! répéta mon tuteur qui regardait d'un œil indifférent cette petite scène. Elle tient de son père probablement. Dans notre famille les femmes sont généralement fort jolies...

Il disait cela du bout des lèvres et d'un ton dédaigneux qui, malgré mon jeune âge, ne m'échappa point.

— Elle grandira, balbutia ma nourrice avec une forte envie de pleurer. Ses parents étaient beaux comme des amours.

— Tant mieux !... Et peu importe, du reste !

Et se tournant complètement vers le notaire, sans faire attention davantage à moi, il reprit avec lui la conversation que mon arrivée avait interrompue.

Le lendemain de cette aventure, j'entrai chez les sœurs de Saint-Brieuc. J'y restai jusqu'à ce que j'eusse atteint l'âge de dix-huit ans.

A cette date, mon tuteur me fit savoir, toujours par l'intermédiaire de Me Le Uanec, que mon éducation devant être achevée, il désirait m'avoir chez lui, à Malbackt ; et, pour couvrir mes frais de voyage, il envoyait un chèque de cinq cents francs.

Jusqu'à ce jour, je n'avais pour ainsi dire pas réfléchi à ma position d'orpheline sans fortune. J'avais vécu insouciante parmi mes compagnes que j'aimais comme des sœurs et les religieuses que je considérais comme de véritables parentes.

Jamais l'idée que je pusse les quitter un jour ne s'était posée sérieusement à mon esprit.

Evérard Dunbuy avait montré, durant les douze années que j'avais passées à la pension, tant d'indifférence à mon égard que j'étais persuadée qu'au moment venu de prendre une décision pour mon avenir, il s'en remettrait complètement au notaire de ce soin.

On conçoit donc mon émoi quand j'appris son désir de m'avoir près de lui.

La pensée qu'il me fallait, à dix-huit ans, quitter mon pays, mes bonnes maîtresses, mes compagnes aimées, pour aller vers l'inconnu, vers le tuteur étranger dont j'avais gardé un si désagréable souvenir, me fit verser d'abondantes larmes.

Cependant, ayant obtenu du notaire la promesse que ma nourrice m'accompagnerait dans mon voyage — si, toutefois, elle y consentait — je finis par accepter avec moins d'amertume l'idée de mon exil.

Pressentie, la brave femme ne refusa pas.

Son mari et son fils étaient morts l'année précédente, rien ne la retenait plus en Bretagne, et elle se dit prête à s'attacher à mon sort et à me suivre partout.

— Pourvu que là-bas, ils veulent bien me garder, je n'en demande pas plus...

Excellente Benoise qui trouvait tout simple de s'expatrier avec moi !

Je crois, pourtant, qu'au fond, elle ne se rendait pas bien compte de la distance qui sépare Dumfries de Guingamp, et pour elle, y aller, ne devait pas lui sembler un plus grand sacrifice que de se placer à Paris, comme chaque jour elle voyait de jeunes Bretonnes le faire pour gagner leur vie. Dans les deux cas, ne fallait-il pas quitter le sol natal, et quel que fût le pays où ses pas la porteraient, ne lui paraîtrait-il pas toujours au bout du monde, du moment qu'elle ne verrait plus ses champs d'ajoncs, le clocher de son village et les coiffes blanches de ses sœurs d'Armorique ?

Ce fut un mardi matin que je quittai Saint-Brieuc, en compagnie de ma fidèle nourrice.

Deux religieuses m'accompagnèrent jusque sur le quai de la gare.

Au moment de leur dire adieu, pour toujours peut-être, je crus vraiment que je n'aurais pas le courage de partir. Heureusement, le notaire avait tenu, lui aussi, à assister à mon départ et ce fut lui qui s'occupa de nos billets et de nos bagages.

— N'oubliez pas, mon enfant, que votre tuteur est très riche, qu'il n'a pas d'héritiers directs et que si vous savez vous faire aimer de lui, vous n'aurez rien à y perdre, dit-il en m'installant dans un compartiment de première classe.

La dernière recommandation de mes maîtresses fut moins matérielle :

— Quoi qu'il arrive, petite Marguerite, mettez toujours votre conscience et votre devoir au-dessus de tout, firent-elles en me serrant tendrement dans leurs bras.

Bientôt le train fila et je ne vis plus le quai de la gare sur lequel deux mouchoirs blancs s'agitaient en guise d'adieu.

A travers les larmes qui noyaient mes yeux, je distinguai encore les landes et les coteaux de ma chère Bretagne, ses champs de sarrasin, ses ruisseaux qui couraient aux pieds des saules, ses maisons de pierre et de chaume, ses petites vaches blanches tachetées de noir ; puis ce fut différent. A mesure que le train franchissait les gares, le pays changeait d'aspect et me devenait inconnu...

— Déjà si loin, et pourtant si près encore! balbutiai-je en le constatant. Qu'est-ce que ce sera là-bas!...

Mais comme si ma nourrice avait compris les mots que mes lèvres n'avaient fait que murmurer, elle m'attira contre elle, maternellement, et me baisa au front.

— Nous serons deux, ma chérie. Ne pleurez plus.

Et je lui rendis ses caresses, le cœur moins gros.

CHAPITRE II

Le lendemain soir, nous arrivâmes à Calais, d'où nous nous embarquâmes pour Douvres. Et le quatrième jour, à dix heures du matin, après avoir passé par Londres et Liverpool sans nous y arrêter plus longtemps que pour y prendre un peu de repos entre les trains, nous descendions à Dumfries.

J'avais prévenu télégraphiquement, à Liverpool, mon tuteur, de l'heure exacte de notre arrivée et celui-ci avait envoyé une voiture, à la gare, au-devant de nous.

Aussi, à peine avions-nous mis le pied hors de notre wagon qu'un homme d'une trentaine d'années, vêtu d'une sorte de houppelande grise, se précipita vers moi.

A son aspect je devinai un domestique.

— Miss Margaret Dumart ? s'informa-t-il en s'inclinant respectueusement.

— C'est moi, répondis-je un peu amusée d'entendre pour la première fois mon nom de Marguerite prononcé en anglais.

— Je suis chargé par sir Evérard Dunbuy de conduire Mademoiselle à Malbackt...

Je lui tendis mes billets.

— Si vous voulez vous occuper de mes bagages : il y a deux grandes malles et une plus petite.

Pendant qu'il les plaçait sur la plate-forme de la voiture, j'envoyai Benoise chez un boulanger, dont la boutique se dressait en face de la gare, pour y acheter un petit pain que, sans plus de façon, je me mis à dévorer à belles dents, aussitôt qu'elle l'eut apporté, car je n'avais pas déjeuné.

Tout en mangeant, je remarquai que l'homme envoyé par mon tuteur m'examinait curieusement en dessous, chaque fois qu'il passait devant moi, restée debout près de la portière de la voiture.

— Est-ce loin, Malbackt ? lui demandai-je comme il installait mon sac de voyage sur la banquette intérieure.

— Quatorze milles nous séparent des premières terres et vingt-deux de l'habitation.

— Et combien de temps faut-il pour se rendre à cette dernière ?

— Le chemin monte toujours ; dans six heures, nous pourrions y être si nous ne nous arrêtions pas en route.

— Six heures ! c'est long !... Nous allons nous arrêter, dites-vous ?

— Oui, à mi-chemin, pour laisser reposer les chevaux. Mademoiselle pourra déjeuner.

Je répétai ces paroles à Benoise qui ne les avait pas comprises, car nous avions parlé en anglais, langue que j'avais fort heureusement apprise avec un professeur d'origine britannique.

— Comme il habite loin, votre tuteur ! marmonna ma nourrice quand je lui eus expliqué à quelle distance nous étions de Malbackt. Est-ce que nous arriverons jamais au but ?

— Nous y touchons, ma bonne amie, fis-je en m'asseyant auprès d'elle, dans la voiture.

Elle soupira.

— Ce n'est vraiment pas trop tôt.

A ce moment, l'homme qui avait pris place sur le siège de devant, fit claquer son fouet allégrement et la voiture roula avec fracas sur le pavé de Dumfrics qu'elle traversa en quelques minutes.

Le chemin que nous suivîmes alors était escarpé et difficile. Parfois, s'élevant à une grande hauteur, il côtoyait le faîte d'un précipice ou serpentait dans une gorge étroite ; d'autres fois, il suivait en pente douce les vallées verdoyantes et les terres cultivées que de petits ruisseaux sillonnaient en tous sens ; ou encore, il longeait les bords d'un petit lac dans lequel les hautes collines miraient leurs arêtes de pierre.

Le spectacle était vraiment grandiose.

A chaque coude du terrain la scène changeait autour de nous, soit que les montagnes et les vallées nous apparussent sous un autre aspect par suite de notre position tantôt élevée ou tantôt basse, soit qu'un village surgît tout à coup, devant nous, au pied d'un coteau couvert de bruyères, ou que les hautes murailles d'une tour se dressassent sur un pic escarpé, au moment même où nous nous attendions le moins à les y rencontrer.

Deux heures et demie environ après notre sortie de Dumfries, notre conducteur arrêta ses chevaux à la porte d'une petite auberge.

En mettant pied à terre, je fus saluée par une vieille femme à l'air affable, dont le nez long et effilé était surmonté d'une paire de lunettes.

— Qu'y a-t-il pour votre service, belle demoiselle ? me demanda-t-elle avec ce mélange de familiarité et de respect que j'ai rencontré, depuis, chez la plupart des aubergistes écossais avancés en âge.

— Pouvez-vous nous donner à manger ? répondis-je un peu gênée, l'éducation que j'avais reçue jusqu'alors ne m'ayant pas habituée à traiter ces questions de subsistance pourtant élémentaires.

Elle devina, sans doute, mon embarras, car elle se fit plus aimable encore.

— J'ai du *hotchpoch* (1) et de la morue, fit-elle en ouvrant devant nous la porte d'une petite salle assez proprette. Si vous voulez entrer, dans quelques minutes j'aurai préparé votre repas.

Benoise et moi pénétrâmes dans la pièce qu'elle nous indiquait.

Des images grossières ornaient les murs blanchis à la chaux. Je m'amusais d'abord à les regarder, puis j'allai m'asseoir près de la fenêtre. De là, je vis notre conducteur dételer ses chevaux et les attacher devant une auge pleine d'avoine.

L'aubergiste, qui allait et venait de sa cheminée à la porte de sa cuisine, l'interpella comme il finissait :

— Eh bien ! Killan, vous voilà en promenade agréable, ma foi ! Ce n'est pas tous les jours que vous portez si frais minois à Malbackt ?

— Comme vous dites, Mrs. Mengs.

— Et qui est cette jolie personne ?

— La pupille du maître, à ce que m'a dit Edie, la cuisinière du château.

— Un court séjour dans notre coin ?

— Du tout ! Il paraît qu'elle va rester chez nous.

— Vous perdez la tête, Killan ! La colombe n'est pas faite pour vivre près du hibou ! Une vieille pie-grièche eût mieux fait son affaire.

(1) Sorte de soupe écossaise faite de côtelettes de mouton et de petits pois.

— Vous avez peut-être raison, ce sera cependant comme je viens de le dire.

— Eh bien ! je la plains, la pauvrette ! Elle y perdra plus d'une plume...

De nouveau, elle quitta le seuil de sa maison pour aller tisonner son feu ; et, n'entendant plus rien, je me mis à penser aux singulières paroles qu'elle venait de prononcer.

Hélas ! Le résultat de mes réflexions ne fut pas très gai. Jusque-là, je n'aimais guère mon tuteur, sans en avoir peur pourtant, mais voilà que, soudain, je me mettais à le redouter sérieusement.

— Qu'avez-vous, Marguerite ? me demanda Benoise en voyant mon front rembruni.

— Rien, répondis-je, dominant mon abattement, car je ne tenais pas à l'inquiéter inutilement. J'ai faim, je suis lasse, et je voudrais être installée à Malbackt ; j'ai hâte de savoir pourquoi Evérard Dunbuy me fait venir près de lui.

— Vous le saurez peut-être trop tôt, dit-elle en hochant la tête. Depuis que j'ai vu ce pays sauvage et ces gens misérables que notre voiture a croisés en route, je n'augure rien de bon de l'issue de notre voyage.

Je ne lui répondis que par un gros soupir et je me mis à manger silencieusement les mets que notre hôtesse plaçait devant nous.

Celle-ci avait laissé ouverte la porte qui communiquait entre la petite salle où nous étions et sa cuisine, de façon sans doute à faire plus rapidement le service, et de ma place, je voyais le conducteur de notre voiture, assis sur un tabouret de bois, mangeant sa soupe.

L'aubergiste et lui continuaient à parler.

C'était des potins du pays qu'ils se racontaient et cela ne m'intéressait guère. Cependant, je crus distinguer, à un moment, le nom de mon tuteur, et j'écoutai avec plus d'attention, car tout ce qui touchait celui-ci m'intriguait au plus haut point.

— Et tient-il toujours sir Roland en tutelle ? disait la femme. Ce garçon est-il vraiment aussi fou qu'il le dit ?

L'homme sursauta et jeta un rapide regard vers moi, comme s'il avait eu peur que j'eusse entendu la demande.

— Allez au diable, bonne femme, avec vos questions, fit-il à moitié contrarié. Il en cuit souvent de s'occuper des affaires des grands. Servez-moi une bouteille d'ale et mettez un frein à votre langue, cela vaudra mieux.

Elle lui apporta le breuvage qu'il demandait.

— Elle n'a pas entendu, dit-elle à mi-voix, en jetant un coup d'œil sur moi qui paraissait fort occupée à découper ma côtelette de mouton.

Le quittant ensuite, elle vint vers nous comme pour s'assurer que rien ne manquait sur la table, mais je remarquai qu'elle prenait soin de refermer la porte après elle, quand elle s'en retourna.

« Qu'est-ce que cela veut dire ? me demandai-je alors. Quel est ce sir Roland dont on redoute de prononcer le nom devant moi ? »

Pendant quelques instants, je formai toutes sortes de conjectures, puis, de guerre lasse, aucune ne me paraissant digne d'être retenue, vu que je ne connaissais pas assez mon tuteur pour qu'elles pussent être vraisemblables, je finis par ne plus penser à la conversation que j'avais entendue et je répondis à ma nourrice qui me parlait de notre chère Bretagne.

Bientôt, d'ailleurs, le conducteur de la voiture vint nous prévenir que les chevaux étaient attelés et que nous pourrions repartir dès que je serais prête.

— Tout de suite, lui dis-je.

Et je me hâtai de solder le modeste repas que nous venions de prendre.

Cette dernière étape de notre voyage s'acheva tristement.

Benoise et moi étions trop préoccupées pour pouvoir parler et nos yeux erraient pensivement sur le pays que nous traversions, comme si nous avions voulu interroger les arbres et les plantes pour leur arracher le secret de notre destinée.

A un moment, le chemin tortueux que nous suivions depuis l'auberge devint si mauvais, que notre conducteur descendit de son siège et se mit à marcher auprès de ses chevaux.

Passant ma tête à une des glaces baissées, je l'appelai près de moi.

— Sommes-nous encore loin ? lui demandai-je.

— Quand nous serons sur le plateau, vous apercevrez, dans le lointain, les tours du château de Malbackt, me répondit-il.

— Donc, si j'ai bien compris ce que vous me disiez tantôt, repris-je, nous devons être en ce moment sur les terres de ce domaine ?

— Effectivement ! Ces champs et ces bois en font partie depuis le petit cours d'eau que nous avons traversé sur un pont, au bas de la côte.

— Et tous ces biens appartiennent à mon tuteur ! m'écriai-je assez étourdiment.

L'homme me regarda en dessous et ne répondit pas. Il retourna auprès de ses chevaux jusqu'à ce que nous eussions achevé de franchir la sente. Alors, se tournant vers moi, il étendit le bras vers une masse sombre qu'on apercevait à l'autre extrémité du plateau.

— Malbackt, dit-il seulement.

Mon regard suivit la direction qu'il m'indiquait. De loin, l'aspect du château était imposant.

C'était une énorme bâtisse de pierre grise que quatre grandes tours dominaient aux angles. Ces tours étaient garnies de créneaux se projetant en dehors des murs, et de meurtrières qui semblaient en défendre l'entrée. Un large fossé et d'épaisses murailles crénelées entouraient le corps principal et en faisaient ainsi une véritable forteresse.

Cette vaste demeure, qui devait avoir plusieurs siècles d'existence, se dressait à l'extrémité d'un site s'élevant brusquement d'un *glen* (1) escarpé et assez large, qui le cernait presque de tous côtés.

Pour y accéder, comme me l'expliqua notre guide, il n'y avait pas d'autre chemin que celui que nous avions suivi jusque-là, les flancs du *glen* étant absolument inaccessibles.

A l'entour, ne se voyait aucune trace d'habitation.

L'endroit était complètement désert, mieux que cela, il était stérile et dénudé.

Ici, c'était la surface grise d'un rocher qui attirait le regard ; ailleurs, des champs de bruyères s'étalaient à perte de vue ; plus loin, des taillis espacés couvraient la cime des collines avoisinant le *glen ;* quelques bouquets de grands arbres, sur le plateau, à gauche, décoraient seuls le sévère paysage ; enfin, tout autour du domaine, de maigres arbrisseaux étendaient leurs branchages sur l'abîme, ou emplissaient les cavités creusées dans le roc par les éboulements et les pluies.

— Comme cette demeure est triste ! murmurai-je après l'avoir longuement examinée.

(1) *Glen,* nom écossais des vallées profondes, mais de peu de largeur ; telles les gorges étroites des Pyrénées.

— Oui, répondit Benoise, et je m'y attendais : un sentier aussi sauvage ne pouvait que conduire à la tanière d'un ours.

Je souris à sa boutade.

— Ne riez pas, Marguerite ! reprit-elle sérieusement. Qui sait si l'intérieur de ce château ne répond pas à l'aspect effrayant du dehors... Ce n'est pas une habitation chrétienne, cela : c'est une véritable prison.

— Une prison ! répétai-je en frissonnant et en fermant les yeux pour ne plus voir les grands murs sombres vers lesquels notre voiture courait trop rapidement, maintenant, à mon gré.

Je ne les rouvris que lorsque le bruit des sabots des chevaux, frappant les pierres de la route, cessa brusquement.

Nous étions arrivés au pied des hautes murailles de Malbackt, dont une grande porte de chêne, entièrement garnie de clous et protégée par une grille extérieure en fer, fermait l'accès.

Notre conducteur sortant une espèce de trompe de sa poche, en tira deux longs sons distincts que l'écho répercuta lugubrement.

A ce signal, la lourde porte roula sur ses gonds et notre voiture, franchissant le large pont-levis de bois jeté sur le fossé, pénétra sous la voûte sombre, en forme de corridor, qui débouchait dans la cour intérieure du château.

Notre voyage était enfin terminé.

CHAPITRE III

Aussitôt après notre arrivée, un valet nous débarrassa de nos sacs, de nos parapluies et de nos vêtements de voyage, puis il nous conduisit dans une vaste antichambre, sobrement meublée de chaises et de bancs sculptés, rangés en bataille le long des murs, en nous priant de bien vouloir attendre que son maître eût été informé de notre présence à Malbackt.

Quelques minutes après qu'il nous eut quittées, un second valet, vêtu celui-là d'une vareuse de drap brun rugueux à gros boutons d'étoffe bariolée de vert et de rouge, vint nous chercher ; et, après nous avoir fait passer par une enfilade de salons plus longs les uns que les autres, il nous introduisit dans le cabinet de sir Evérard.

C'était une large pièce, richement lambrissée, d'un bois de couleur très foncée, que deux hautes fenêtres garnies de rideaux de soie et de velours frangés d'or éclairaient.

Plusieurs bibliothèques, dont les rayons étaient pesamment chargés de livres aux agrafes ciselées, régnaient le long des murs. Entre les deux fenêtres, une table massive en chêne, couverte de papiers épars, de coffrets d'ébène et de tout l'arsenal nécessaire pour écrire, tenait lieu de bureau.

Le baron était confortablement installé dans un large fauteuil auprès d'un feu de bois, qui pétillait joyeusement, dans une très haute cheminée de marbre gris.

En me voyant entrer, il tourna ses yeux vers moi, et, à douze ans de distance, je ressentis sous son regard la même impression d'angoisse que la première fois où je l'avais aperçu dans le cabinet du notaire, à Guingamp.

Je restai debout, près de la porte, n'osant avancer, et Benoise se tint derrière moi, immobile, saisie, je crois bien, d'une crainte égale à la mienne.

Un instant, mon tuteur m'examina en silence.

— Est-ce que je vous fais peur, Marguerite, que vous oubliez de me présenter vos respects ? me dit-il enfin, assez froidement, en français.

Je me raidis et fis un effort pour parler.

— Je vous demande pardon, monsieur, répondis-je d'une voix ferme quoique basse, il y a très longtemps que je ne vous ai vu et je n'étais pas certaine d'être en présence de mon tuteur. Veuillez me permettre de m'informer...

Il m'interrompit assez brusquement :

— Je vous en dispense. Approchez et asseyez-vous ; nous serons mieux pour causer.

Je pris place en face de lui, sur un siège qu'il m'indiquait de la main et je répondis aux questions qu'il me posa sur mes études et mes connaissances littéraires, sur les personnes que j'avais fréquentées jusqu'à ce jour, sur toute ma vie passée, enfin.

Notre conversation roula sur ces sujets, une heure durant ; après quoi, satisfait probablement de ce que je lui avais appris, il daigna s'apercevoir que je n'étais pas seule et que Benoise attendait, toujours debout, près de la porte.

— Cette femme qui vous accompagne est celle qui vous a élevée, je crois ?

— Oui, c'est ma nourrice.

— Restera-t-elle longtemps ici ?

— Autant de temps qu'il vous plaira, monsieur. Je serais fort heureuse que vous puissiez l'occuper parmi votre personnel : elle consent à ne point me quitter.

— C'est bon ! Qu'elle reste pour le moment ; on verra plus tard si je puis la garder ici...

Je le remerciai vivement de cette faveur, mais il m'interrompit à nouveau, et m'attirant près de la fenêtre, car la nuit était presque venue pendant notre entretien, il se mit à m'examiner encore plus longuement qu'il ne l'avait fait jusque-là.

— Mes compliments ! fit-il à la fin. Vous êtes beaucoup plus jolie que je ne m'y attendais. J'avais gardé de vous le souvenir d'une désagréable fillette et voilà que vous êtes ravissante à présent. J'aime autant ça...

Ce compliment débité sur le ton d'un acheteur soupesant la marchandise qu'on vient de lui adresser m'humilia plutôt qu'il ne me fit plaisir.

— Puis-je me retirer, maintenant ? lui demandai-je alors. Je suis un peu fatiguée de mon long voyage et je voudrais me rafraîchir et me reposer.

— Je vais vous faire conduire dans vos appartements. J'ai fait aménager à votre intention une des tourelles du château, vous y serez complètement chez vous. Je vous ferai servir votre souper, ce soir, dans votre chambre, si vous le désirez.

En parlant, il avait sonné un domestique.

Celui qui m'avait introduite près de lui reparut, et, sur son ordre, me conduisit à une des tours qui formaient les angles du principal corps de logis, comme je l'avais remarqué en voiture.

La tour que j'allais habiter comprenait deux étages reliés au-dehors par un étroit escalier, qui permettait d'entrer et de sortir directement de chez soi sans passer par le château. Cet escalier me parut fort commode pour mon indépendance.

Le premier étage était occupé par un salon assez grand.

Au second, il y avait une chambre et un petit cabinet.

C'est dans cette dernière pièce, prenant jour par une étroite lucarne, qu'on dressa un lit pour ma nourrice afin qu'elle ne fût pas séparée de moi.

L'agencement de ma chambre me plut beaucoup.

Elle était tendue d'étoffes à fleurettes bleues ; un épais tapis couvrait le plancher ; les rideaux du lit et des fenêtres étaient ornés d'une large dentelle blanche, un petit guéridon d'ébène supportait un vase rempli de fleurs naturelles et deux lourds chandeliers d'argent ; enfin, sur la toilette en marbre blanc, se dressait une belle glace de Venise encadrée de filigrane d'argent.

Qu'il y avait loin de ma modeste chambrette du couvent de Saint-Brieuc à l'élégant appartement qui allait être mien à présent ! Et, tout de suite, je sus un gré infini à mon tuteur de m'avoir logée si agréablement.

CHAPITRE IV

Mon premier soin en m'éveillant, le lendemain matin, fut d'ouvrir une des étroites fenêtres qui laissaient pénétrer la lumière dans ma chambre et de mettre la tête dehors afin de me rendre compte de l'emplacement exact de la tour que j'occupais.

La vue que je découvris, alors, était admirable et terrible à la fois. Et, machinalement, mon premier mouvement fut, en poussant un cri de surprise, de battre des mains.

Ma chambre s'élevait dans le prolongement des parois du *glen,* de telle sorte que les arcs-boutants par lesquels les fondements de la tour étaient soutenus semblaient une partie du roc même.

En me penchant un peu, je pouvais apercevoir l'abîme au fond duquel un torrent écumant coulait avec fracas.

De l'autre côté du *glen,* je voyais en face de moi une longue file de collines boisées, que le soleil levant nimbait de reflets mauves dans le lointain.

Plus à droite, un large plateau couvert d'un gazon velouté s'étendait en pente douce jusqu'à mi-hauteur d'une petite montagne aux flancs revêtus de la pourpre sombre et riche des bruyères.

Jamais, je n'avais vu paysage aussi sublime et aussi majestueux. Pas un être vivant, pas un ouvrage fait par la main des hommes, ne venaient en troubler l'imposante grandeur. Partout, aussi loin que la vue s'étendait, tout était l'œuvre de la nature.

Je restai plus d'une heure accoudée à ma fenêtre, le cœur oppressé par l'extrême solitude de ce lieu, mes yeux ne se rassasiant pas du magnifique spectacle auquel ils étaient conviés.

Quand Benoise entra dans ma chambre, j'étais encore plongée dans le ravissement.

— Oh ! nourrice, lui dis-je en l'embrassant, viens donc voir comme c'est beau !

Et, l'entraînant vers la fenêtre, je la forçai à se pencher pour admirer le gouffre et son torrent.

Effrayée, elle se rejeta en arrière.

— C'est affreux, s'écria-t-elle. Comment pouvez-vous trouver ce pays joli ? Quand on regarde en bas, le vertige vous saisit, et lorsque les yeux se posent sur les choses qui sont au même plan que nous, on est frappé de la stérilité et de la pauvreté du sol... Et vous admirez cela pendant une heure, au risque de prendre froid !

Ses paroles m'amusèrent et, tout en expédiant le déjeuner qu'elle m'apportait, je ne cessai de lui vanter les délices d'une cure d'air à la fenêtre de ma tour.

A neuf heures, mon tuteur me fit demander. Je me rendis aussitôt à son appel.

Il me reçut, comme la veille, dans son cabinet.

Après s'être informé de ma santé et de ma première nuit sous son toit, il me parla à peu près en ces termes :

— Ma chère enfant, dit-il en coupant les pages d'un volume neuf, ce n'est pas par une extrême sensibilité pour votre position d'orpheline sans famille et sans fortune que j'ai tenu à vous avoir près de moi. Ce n'est pas non plus par affection pour vous, puisque je ne vous connais pour ainsi dire pas. De votre côté, en dehors d'une question d'intérêt, je ne crois pas qu'aucun autre sentiment ait pu plaider en faveur de votre séjour à Malbackt...

— Vous vous trompez, monsieur, interrompis-je doucement. En venant ici, je n'ai fait qu'obéir à vos ordres : aucune question d'argent n'aurait pu me décider à quitter mon pays, si j'avais été libre de ne point le faire. Me Yves Le Uanec m'a appris votre grande fortune lorsque, déjà, j'étais installée dans le train, prête à partir. Avant cette minute-là, je l'avais toujours ignorée, et seule votre volonté m'a conduite ici.

Il cessa de couper les pages de son livre et me regarda avec un peu de surprise.

— Votre franchise me va, dit-il. J'irai donc droit au but... Je reprends... Puisque aucun sentiment d'affection ne nous lie l'un à l'autre, tâchons au moins qu'un intérêt ou un même but nous réunisse.

— Je ne comprends pas, murmurai-je.

— Je m'explique. Vous avez de l'instruction — j'ai pu m'en convaincre, hier, en causant avec vous — mettez-la à mon service : je vous l'achète. J'ai besoin d'un secrétaire. Soyez-le. En échange, je vous fournirai le gîte, le couvert pour vous et votre nourrice, et je vous donnerai une rémunération de deux cents francs par mois, dont vous serez libre de disposer à votre guise.

J'eus un haut-le-corps de surprise. A cette époque, le chiffre qu'il indiquait était une très grosse somme.

— Deux cents francs, répétai-je, ne pouvant en croire mes oreilles.

— Oui, deux cents francs. Vous acceptez ?

— Mais, je ne sais si je pourrai... balbutiai-je, encore toute saisie par l'imprévu de ces propositions.

— Oh ! rassurez-vous. Votre tâche ne sera pas lourde ; quelques lettres seulement à écrire, de temps en temps, quelques comptes à faire chaque mois, et c'est à peu près tout...

J'allais lui dire que j'acceptais avec gratitude, quand une remarque me vint soudain. Et timidement :

— Pourquoi donc offrez-vous de me payer, lui dis-je quand il vous suffirait d'exiger que je fisse vos écritures sans être rétribuée ?

— Ah ! pourquoi ? fit-il en se levant de son siège pour arpenter son cabinet. Voilà, justement, ce que j'allais vous dire.

Tout à coup, il s'arrêta devant moi.

— Pourquoi ? répéta-t-il. Parce que je veux que mon secrétaire soit à mon entière discrétion. Je veux qu'il ait des yeux pour ne point voir, des oreilles pour ne pas entendre et des lèvres pour ne pas parler. Vous pouvez être et je veux que vous soyez cette personne.

Ses paroles me déconcertèrent. Quel sens devais-je donner à ses propositions ?

— Et si, au lieu d'accepter le rôle que vous m'offrez, je préférais retourner en France ? demandai-je en hésitant, après une minute de réflexion.

— Cela est autre chose ! dit-il vivement.

Et s'animant, il continua :

— J'ai des droits de tutelle sur vous que je ferais probablement valoir, si l'éventualité dont vous parlez se réalisait... Mais je suis persuadé que vous ne me forcerez pas à user de ces droits. Vous êtes une personne trop raisonnable pour ne pas comprendre l'avantage que vous avez à accepter mes offres.

Il me regardait fixement comme pour m'intimider.

Je frissonnai d'abord, mais je me ressaisis vite.

— C'est un marché que vous me proposez ? fis-je assez bravement en redressant la tête.

Ses sourcils se froncèrent et je crus voir sa main se crisper sur son coupe-papier.

— Le mot est gros !... Cependant, s'il vous plaît que marché il y ait... soit ! La chose est loyale, en tout cas, puisque je la débats avec vous !

— Pardon ! rectifiai-je encore. Vous savez ce que vous attendez et ce que vous comptez exiger de moi ; tandis que j'ignore complètement jusqu'où mon silence, mon aveuglement et ma surdité devront aller.

Il haussa les épaules, visiblement contrarié.

— Que le diable soit de votre susceptibilité ! s'écria-t-il. Je ne vous ai rien proposé qui ne soit avouable... Ici, je suis entouré d'espions et de serviteurs avides. L'Ecossais est très pauvre et il croit volontiers que celui qui possède des biens les détient injustement... Affaire de position sociale... question de nationalité aussi ; je suis anglais, moi ! Voilà pourquoi je ne veux pas choisir un secrétaire dans ce pays. J'ai besoin de quelqu'un qui soit entièrement étranger aux querelles de race et de parti pris... En un mot, j'attends une complète neutralité et une entière indifférence de mon secrétaire. Encore une fois, Maggy (1), voulez-vous accepter de remplir cet office auprès de moi ?

Je me recueillis un instant avant de répondre, soupesant bien les chances qu'il me laissait d'agréer

(1) Diminutif familier de Marguerite.

ou de repousser ses offres dont je pressentais vaguement le côté dangereux, sans toutefois conjecturer de quelle nature pouvait être ce danger.

— J'accepte, fis-je gravement ensuite. Sir Evérard Dunbuy, vous pouvez compter sur ma discrétion et sur mon dévouement à votre cause, tant que ma conscience ne me forcera pas à choisir entre mon devoir et vous.

— Touchez-la, jeune fille, dit-il en me tendant sa main dans laquelle je mis la mienne en hésitant. Voilà les premiers mots de bon sens que vous ayez dits depuis une heure.

Devant son air bonhomme, j'eus du remords de mes hésitations.

— C'est que j'avais mal compris ce que vous attendiez de moi, murmurai-je en rougissant.

Il me sembla voir ses paupières battre faiblement derrière les verres de son binocle.

— N'en parlons plus maintenant que nous sommcs d'accord, fit-il, conciliant. Et, tenez, commencez immédiatement à remplir votre rôle... J'ai quelques lettres à écrire, asseyez-vous là, je vais vous les dicter.

Je m'assis timidement devant son bureau, un peu moins calme que je n'eusse voulu l'être, car mes craintes revenaient subitement, tant sa bienveillance me paraissait contrainte et affectée.

Cependant, l'effroi instinctif qu'il m'inspirait, sans que je pusse m'expliquer ce sentiment de répulsion, me fit dissimuler mon état d'esprit.

Au bout d'une heure, il me renvoya, et je ne le revis, ce jour-là, que durant les repas du midi et du soir que je pris avec lui, dans la grande salle du château.

CHAPITRE V

Le soir, dans ma chambre, je racontai à Benoise la conversation que j'avais eue le matin avec mon tuteur. Elle m'écouta attentivement.

— Tout cela n'est pas naturel, dit-elle lorsque j'eus fini de parler. Sir Evérard vous donne une somme d'argent, absolument en disproportion avec le travail qu'il vous a annoncé. Ce serait trop beau, si cela ne cachait quelque piège. A votre place, moi, je me méfierais.

— C'est bien ce que je fais, hélas ! fit-je avec amertume. Je t'assure que si j'avais pu refuser son offre, je l'eusse fait. Malheureusement, je sentais bien que j'étais à son entière discrétion et qu'il me fallait passer par où son bon vouloir l'exigeait.

— Bah ! ne vous découragez pas, Marguerite. Je suis là, moi, et au besoin, je vous aiderai pour mettre ce vieux lardon à la raison.

L'air fanfaron qu'elle avait pris en parlant me fit éclater de rire.

— J'espère bien ne pas être obligée d'avoir recours à ton office. Tu me parais trop redoutable...

Mais elle, d'une voix sérieuse, reprit lentement :

— Je n'ai guère envie de rire, ce soir, mignonne. J'ai fait, moi aussi, mes petites observations, aujourd'hui ; tout ce que j'ai vu n'est pas pour m'inspirer grande confiance en votre tuteur.

— Ah ! fis-je subitement intéressée. Et qu'as-tu donc remarqué ?

— Peu de chose, car je ne comprends rien au charabia qu'on parle ici...

— Oui, je sais. Ils emploient une sorte de dialecte celtique ne présentant que peu d'analogie avec la langue anglaise, ce qui fait que, moi-même, je ne les comprends pas. Mais continue...

— Je vous disais que, sans comprendre les paroles échangées entre les domestiques, j'ai, cependant, pu observer combien peu ils aimaient leur maître. Ils paraissent le redouter et quand ils prononcent son nom, ce n'est qu'à voix basse et avec une sorte de crainte superstitieuse. S'ils l'aperçoivent près d'eux, ils courbent la tête trop respectueusement pour que leur humilité ne cache pas un secret effroi... Cet homme les fait trembler sous son regard perçant... Non, je le répète, cela n'est pas naturel : un bon maître n'est jamais si redouté.

— Pourquoi donc restent-ils à son service, s'ils le craignent tant ? répliquai-je, ne trouvant pas sa remarque suffisamment justifiée.

— Parce qu'ils sont bien payés, sans doute. Et la difficulté de se caser ailleurs... La misère a l'air très grande, dans ce pays ! Aux alentours de Dumfries, nous avons rencontré de jolies villas ; mais, ensuite, ce n'était partout que misérables cahutes et chaumières délabrées.

— C'est vrai, fis-je pensive.

— Ah ! j'oubliais de vous dire, reprit subitement ma nourrice ; parmi ces domestiques, il en est un, véritable colosse, qui a la mine d'un bandit. Le baron semble le tenir en grande estime et il jouit de quelques libertés refusées aux autres. Il répond au nom de Piercy. Peut-être l'avez-vous rencontré, dans vos allées et venues ?

— Non ! Je ne crois pas... A moins que ce ne soit ce lourdaud au visage glabre et orné de deux grosses verrues, qui sortait du cabinet de sir Evérard, lorsque j'y entrai ce matin.

— Ce signalement répond bien à Piercy. Sa physionomie ne vous a rien dit ?

— Pardon ! Je ne l'ai qu'entrevu et, pourtant, il m'a donné l'impression d'un fieffé coquin.

— Voilà ce qui confirme ce que je vous disais... Il n'est guère aimé, non plus, des autres valets qui ont avec lui la même réserve qu'avec le baron.

— Tout cela est étrange, murmurai-je. A force de penser à toutes ces choses, je commence à croire que les murs de Malbackt renferment quelque gros secret. A moins que notre imagination ne soit pour beaucoup dans nos mutuelles observations, ajoutai-je au bout d'une minute de réflexion. Car, enfin, aucun fait précis ne vient corroborer nos suppositions.

— Attendons ! conclut Benoise d'un ton pessimiste.

— Attendons, répétai-je.

Et, sur ce mot, nous nous séparâmes pour prendre du repos, onze heures venant de sonner à l'horloge de la façade du château.

CHAPITRE VI

Quelques jours s'écoulèrent, sans que Benoise et moi fissions d'autres observations sur les gens et les choses de Malbackt.

Ma nourrice passait toutes ses journées à l'office ou à la lingerie, aidant dans leurs travaux tantôt la cuisinière et tantôt la lingère, car il y avait deux femmes parmi la domesticité du château, et j'en étais bien aise pour ma fidèle Bretonne qui se trouvait ainsi moins esseulée.

Quant à moi, tous les matins, je descendais auprès de sir Evérard.

Il me dictait quelques lettres ou me donnait des papiers à classer et des comptes à relever.

Je remarquai que c'était toujours lui qui décachetait son courrier et le parcourait en entier. Souvent, aussi, il lui arrivait de brûler les lettres après les avoir lues ; mais je ne voyais là qu'une excessive méfiance envers son personnel.

Nos relations étaient correctes, sinon cordiales. Une gêne mutuelle existait entre nous. Je sentais qu'il se méfiait de moi et, de mon côté, je me tenais sur une très grande réserve comme si j'avais craint qu'il ne m'ordonnât quelque besogne répugnante à faire.

Il n'en était rien, heureusement, et petit à petit,

je perdis de ma raideur et il parut m'accueillir avec plus de franchise.

Je dois reconnaître qu'à partir de ce moment, les heures que je passais auprès de lui, chaque matin, ne furent pas les moins agréables de la journée.

Il avait une grande instruction, devait avoir beaucoup lu et, souvent, il lui arrivait d'interrompre mon travail pour me faire des descriptions de pays, de mœurs et de gens, ou me narrer quelque histoire attrayante que sa mémoire ou le livre qu'il parcourait lui suscitait.

Habituellement, quand j'entrais dans son cabinet pour ma besogne journalière, je l'y trouvais toujours installé au coin du feu et m'attendant.

Une fois, cependant, l'appartement était vide.

Discrètement, j'allais me retirer quand je m'aperçus qu'une petite porte, ordinairement fermée dans le fond de la pièce, était ouverte en grand.

« Mon tuteur est par là », pensai-je.

Et voulant l'avertir de ma présence, je me dirigeai vers cette porte.

Elle ouvrait sur un étroit corridor, aboutissant derrière le château.

Je ne connaissais pas cette partie de Malbackt ; aucun des appartements, que j'avais parcourus jusqu'alors, ne prenait jour de ce côté, et Benoise m'avait affirmé, à différentes reprises, que tout le service se faisait sur le devant.

Cela m'avait même un peu intriguée, et un midi, j'en avais parlé d'un ton indifférent au baron. Mais à ma question directe, il avait répondu évasivement et j'avais cru comprendre que les bâtiments, situés de l'autre côté du château, tombant en ruine, il ne se souciait pas de les faire réparer et les avait abandonnés aux rats et aux chauves-souris qui, depuis longtemps, y avaient élu domicile.

Par nature, j'étais curieuse. Aussi, en voyant ouverte devant moi une issue conduisant à ces fameuses ruines, je n'eus garde de manquer l'occasion d'aller les explorer, et je m'engageai résolument dans l'étroit corridor.

Il aboutissait à une vaste terrasse, pavée de grosses dalles de pierre d'inégales dimensions.

Autour de cette terrasse, les murs de Malbackt se dressaient rigides et sévères et les deux donjons, dont la maison principale était flanquée aux angles, s'avançaient, menaçants, avec leurs meurtrières comme pour en défendre l'approche.

A l'autre extrémité, quelques marches délabrées permettaient de descendre dans un assez grand jardin.

Il n'était pas entretenu. Les ronces et les orties le couvraient en partie. L'herbe avait envahi les allées et les plates-bandes dont on distinguait encore la trace. Quelques arbres énormes dressaient orgueilleusement leurs épaisses frondaisons, sans souci des gros lierres s'enroulant, comme de monstrueux serpents, autour de leurs troncs étroits.

Je descendis dans ce jardin, le cœur un peu oppressé par le mystérieux silence qui y régnait. Et espérant découvrir mon tuteur, je suivis un sentier si nettement dessiné sur l'herbe d'une allée qu'il devait être parcouru fréquemment. On y voyait, du reste, des traces de pas fraîchement imprimés sur la terre encore humide de rosée.

— Sir Evérard, êtes-vous là ? demandai-je, un moment, à voix haute.

A mon appel, rien ne répondit, et je continuai à avancer, m'attendant à chaque pas à rencontrer celui que je cherchais.

C'est ainsi que j'arrivai au pied d'une tour solitaire que je n'avais pas aperçue de loin.

S'adossant au mur dominant le *glen*, elle était carrée et percée de petites fenêtres garnies de solides barreaux de fer. Les créneaux, qui jadis en avaient couronné le faîte, étaient en partie démolis et de grandes lézardes en sillonnaient les murs.

Elle devait être habitée, car des rideaux très blancs se voyaient à travers les vitres des étroites fenêtres et la porte de fer, qui donnait accès à l'intérieur, en était ouverte.

Aucun de ces détails ne m'échappa et, un peu surprise, je m'arrêtai à la contempler.

« Qui donc peut habiter ce vieux donjon ? » me demandai-je.

Cette pensée avait eu à peine le temps de jaillir à mon esprit que je fis un bond en arrière et poussai un grand cri d'effroi.

Quelqu'un venait de me saisir le bras et une grosse voix me criait d'un ton menaçant :

— Qu'est-ce que vous faites là, vous ? Qui vous a permis de venir jusqu'ici ?

Tournant la tête, je reconnus Piercy, le valet dont ma nourrice m'avait maintes fois entretenue.

— Vous m'avez fait peur, balbutiai-je, encore toute saisie.

Il darda sur moi ses yeux durs qui brillaient d'une lueur féroce.

— Par où êtes-vous entrée ? reprit-il sur le même ton méchant. Ce n'est pas moi qui vous ai ouvert la porte. Alors, quelle audace vous a prise ?

J'avais eu le temps de me ressaisir pendant qu'il parlait.

— Cessez ce ton d'insolence et conduisez-moi à votre maître, répliquai-je avec hauteur.

— Mon maître ! s'écria-t-il. Corne du diable !

Croyez-vous donc que je lui apprendrai votre présence ici ? S'il la connaissait, vous et moi passerions un mauvais quart d'heure !

Je le regardai, me demandant s'il ne se moquait pas de moi, mais je le vis pâle et tremblant à la pensée du baron qui pouvait nous surprendre.

— Brute ! fis-je avec mépris. Vous menacez une femme et tremblez devant la colère d'un homme ! C'est moi qui apprendrai à sir Evérard ma promenade dans ces ruines. Croyez-vous donc que quelqu'un puisse me faire peur quand ma conscience ne me reproche rien ? Allons ! laissez mon bras. Vous me faites mal !

Loin de me lâcher, il resserra encore son étreinte.

— Je prétends que vous quittiez ce jardin immédiatement ! reprit-il plein d'une nouvelle fureur.

Comme j'essayais de me dégager, il me fit faire si brutalement demi-tour sur moi-même, que je tombai lourdement sur les genoux.

Je n'avais pu retenir un cri de détresse.

Au même moment, une des étroites fenêtres de la tour s'ouvrit violemment et une voix d'homme cria, frémissante d'indignation :

— Ah ! maroufle ! Comment osez-vous brutaliser ainsi une femme ? Si vous ne la laissez libre à l'instant, je vous cinglerai la figure de coups de fouet quand vous vous présenterez devant moi, au point que votre face immonde ne formera qu'une plaie informe.

Au son de cette voix, Piercy poussa un sourd grognement et, me lâchant, il se redressa, interdit et inquiet.

Il parut passer par divers sentiments opposés. Tour à tour, la colère, la haine, la stupeur, l'effroi, empourprèrent sa physionomie.

— Allez-vous-en ! Oh ! allez-vous-en ! balbutia-t-il, la gorge serrée. Vous ne savez pas tout le mal que vous allez causer !

Il paraissait si réellement effrayé que je me décidai à rebrousser chemin.

Cependant, avant de quitter la tour en ruine, il me restait le devoir de remercier celui dont l'intervention m'avait tirée des mains de ce goujat.

Je fis un pas dans la direction de la porte de fer, mais Piercy se dressa en face de moi.

— Qu'allez-vous faire ?

— Dire merci à cet homme généreux.

— C'est inutile, ne tentez pas cette folie, vous ne passerez pas... D'ailleurs, tenez !

D'un mouvement rapide, il s'élança vers la porte, la ferma à double tour et mit la clef dans sa poche.

— Je n'ai pas l'intention d'entrer de force dans ce donjon, fis-je en haussant les épaules. Je parlerai à cet homme du dehors.

Mais ayant levé les yeux, je vis que la fenêtre était déjà refermée et je dus m'éloigner sans avoir remercié mon mystérieux défenseur.

La tête basse, en réfléchissant à l'invraisemblable aventure qui venait de m'arriver, je repris le sentier que j'avais parcouru si tranquillement quelques minutes auparavant.

Mais je n'étais pas encore au bout de mes surprises.

Comme j'allais arriver à la terrasse, Piercy me rejoignit et se jetant à mes pieds, il s'écria :

— Oh ! miss Margaret, je vous en prie, soyez bonne ! Ne me faites pas châtier injustement. Le Ciel est témoin que s'il n'avait dépendu que de moi, vous n'auriez jamais pénétré dans cette partie de Malbackt dont la garde m'est confiée... Je me demande encore comment vous avez pu entrer ici.

— Par le couloir communiquant au cabinet du baron, fis-je brièvement.

— Ciel ! L'avais-je donc laissé ouvert, après sa venue de ce matin ? Le maître était occupé et je devais refermer la porte...

Toujours à genoux, il saisit sa tête dans ses mains et se mit à gémir.

— Misère de moi ! disait-il. Si le maître sait que vous êtes venue ici, il me châtiera cruellement ; mais s'il apprend que vous avez vu l'homme du donjon et que celui-ci a parlé, il me tuera comme un chien !... J'ai été brutal envers vous, tout à l'heure, il est vrai... songez donc à ma responsabilité !... Miss Margaret, miss Margaret ! sauvez-moi ! ne dites rien au baron !

Il se traînait à mes pieds, s'arrachait les cheveux, baisait le bas de ma robe.

Impressionnée, je détournai la tête.

Ce colosse se roulant à terre pour fuir le châtiment qu'il disait avoir mérité, me semblait dix fois plus misérable que lorsqu'il me menaçait.

— Relevez-vous, Piercy, dis-je pourtant. Si mon silence que vous implorez vous était accordé, est-ce que... *l'homme de la tourelle,* comme vous le nommez, ne vous trahirait pas ?

— Il ne le pourrait pas s'il le voulait, fit-il vivement. Il ne voit que moi...

Il s'arrêta, regrettant les paroles qui venaient de lui échapper. Mais déjà, habituée à dissimuler mes sensations, je n'eus pas l'air d'en avoir remarqué l'importance.

— Cette aventure restera donc entre nous, répliquai-je. Mais à une condition : dites-moi le nom de celui qui vous a forcé à me lâcher tout à l'heure.

— Oh ! non, dit-il d'un ton suppliant. Ne m'obligez pas à trahir le secret de mon maître... Vous dire ce nom serait aussi grave que ma négligence même qui vous a permis d'entrer ici et de connaître tant de choses déjà !

— Oubliez-vous que je puis tout révéler à mon tuteur ? dis-je en insistant.

Il parut hésiter et, soudain, se redressant, il croisa ses bras sur sa poitrine.

— Soit ! dit-il en me regardant presque avec fierté. Soit, parlez ! Je ne vous dirai pas ce nom.

— Et votre maître vous punira sévèrement.

— Il me tuera s'il le veut, mais je ne le trahirai pas, prononça-t-il en s'exaltant.

Malgré la répulsion qu'il m'inspirait, je ne pus m'empêcher de l'admirer à ce moment.

— Vous êtes un drôle de personnage, Piercy, lui dis-je doucement, mais vous n'êtes pas un traître. C'est bien. Comptez sur moi, je garderai le silence sur cette aventure ; sir Evérard ne la connaîtra jamais par moi. Etes-vous satisfait ?

— Vous êtes bonne ! répondit-il, vraiment heureux. Merci, miss Margaret. Tout valet que soit Piercy, il n'oubliera jamais votre générosité d'aujourd'hui... J'ai été grossier et brutal avec vous et vous consentez à tout pardonner. Encore une fois, merci.

En bonne diplomate, je voulus me faire un ami de cet homme redoutable.

— Je ne me souviens plus de rien, affirmai-je doucement.

— Mais moi, je me rappellerai, et pour tout ce qui ne concernera pas les affaires de mon maître, vous pouvez compter sur mon dévouement... Maintenant, venez ! Je vais vous faire sortir par une autre porte que celle par où vous êtes entrée, afin que le baron ne vous voie pas.

Il marcha devant moi pour me servir de guide.

Après avoir pénétré dans un sombre corridor, il me fit traverser plusieurs appartements obscurs et dégarnis de meubles, dans lesquels je n'avais jamais mis les pieds.

Je le suivais avec un peu de crainte ; dans cette partie de château, je me sentais à son entière discrétion. Lui qui redoutait mes paroles, il lui aurait été facile de se débarrasser de moi, sans que je pusse ni me défendre ni appeler à l'aide.

J'avais tort de me méfier de lui, car ayant ouvert devant moi une lourde porte de chêne à ferrures solides, il s'effaça pour me laisser passer et, simplement, me dit :

— Adieu, miss Margaret... et merci !

— Comptez sur ma promesse, fis-je en le quittant.

Quelques minutes après, je pénétrai dans le cabinet de sir Evérard.

Celui-ci me regarda d'un air soupçonneux.

— Vous êtes en retard, Marguerite, ce me semble ! dit-il en se penchant brusquement vers moi.

Peu s'en fallut que je ne me laissasse déconcerter par cette attaque que je n'avais pas prévue, mais je fus prompte à me remettre.

— Je suis déjà venue, ici, il y a une demi-heure, répondis-je d'un ton dégagé. Ne vous ayant pas trouvé, je suis remontée chez moi.

Je vis ses yeux d'aigle se couler vers la petite porte du couloir qui était refermée maintenant, puis ils revinrent se poser sur moi, inquisiteurs au possible.

— Vous êtes restée longtemps ici ? dit-il en me

dévisageant dans le blanc des yeux comme pour me troubler.

Mais moi, très calme :

— Le temps de constater que vous n'y étiez pas.

— J'étais occupé à ma bibliothèque, crut-il devoir m'expliquer. Où donc en étions-nous hier de tous ces vieux comptes ?

Et jusqu'à l'heure du repas, nous ne nous entretînmes plus que de chiffres.

CHAPITRE VII

Comme je l'ai déjà dit plus haut, je prenais mes repas avec mon tuteur dans la grande salle à manger du château.

Cette pièce était, à mon avis, la plus belle de la maison.

Elle était de très grandes dimensions et entièrement lambrissée de chêne, du sol pavé de dalles de pierre grise jusqu'à la corniche sculptée du plafond en forme de voûte.

La teinte sombre de ces lambris était relevée par quatre grands tableaux formant panneaux, richement encadrés, dont deux représentaient, en grandeur naturelle, des seigneurs aux airs belliqueux, en perruques poudrées, en costumes de soie et de velours chamarrés d'or. En plus de ces tableaux, de grands bois de cerf étaient suspendus aux murs.

On voyait encore d'anciennes armures, des armes de toutes sortes, des fouets et des cravaches aux manches enrichis de pierreries, des instruments propres à tuer ou à prendre le gibier. De magnifiques pièces d'argenterie garnissaient le dessus d'un bahut admirablement ouvragé. Un grand buffet, dont les quatre battants représentaient les saisons dessinées en relief, occupait l'espace libre entre les deux hautes et larges fenêtres qui laissaient l'air et la lumière entrer à foison. Enfin, des candélabres d'argent fixés au mur permettaient, avec un grand lustre de même métal, d'éclairer le soir jusqu'aux moindres coins de la vaste salle.

On mettait notre couvert à l'une des extrémités de la longue table massive, en chêne, qui occupait le milieu de la pièce.

Sir Evérard se plaçait au bout, et moi, à sa droite, non loin de lui.

Le plus souvent, il lisait tout en mangeant ; mais il lui arrivait aussi de parler, et alors, c'était un véritable torrent de paroles.

Les mets et les boissons le rendaient éloquent et les anecdotes se succédaient sur ses lèvres avec une telle vivacité de langage et d'esprit que, parfois, j'en oubliais de manger.

D'autres fois encore, il me prenait à partie et se mettant à soutenir une thèse, il m'obligeait à lui donner la réplique. Tout d'abord, je restais muette et interdite, n'osant exprimer ma pensée ; mais bientôt, je m'enhardissais et c'était entre lui et moi une véritable joute d'esprit.

Il me cédait sur certains points ou me faisait ranger à son avis sur d'autres, mais nous finissions toujours par tomber d'accord.

Ces petites discussions le mettaient de belle humeur et, souvent, il lui arrivait de se frotter les mains en signe de joie et de rire bruyamment, au grand ébahissement du valet servant à table, qui, m'attribuant un sortilège pour dérider son maître, me regardait avec admiration.

De ce qu'on vient de lire, il résulte que si je n'avais pas été absolument seule et livrée à moi-même plus de la moitié de la journée — ce qui n'était pas très gai pour une jeune personne de mon âge — j'aurais pu me trouver complètement heureuse et satisfaite de mon sort.

Ce jour-là, sir Evérard fut sombre et taciturne, durant le repas de midi.

Il avait sa figure des mauvais moments, son regard lançait parfois de terribles éclairs, et ses poings se serraient nerveusement, comme s'il avait été profondément irrité contre quelqu'un.

Il mangea peu ; mais, en revanche, il avala coup sur coup plusieurs grandes rasades de vin.

Comme on allait se lever de table, Piercy pénétra dans la salle et s'avança vers le baron en prenant soin de ne pas tourner ses yeux vers moi, car un seul regard aurait pu trahir notre rencontre du matin.

— On m'a dit, maître, que vous m'avez fait chercher, il y a une heure, dit-il.

L'œil de celui-ci s'illumina.

— En effet, ami Piercy. Il me semble que nous avons un compte à régler ensemble.

— Je... je ne sais, balbutia l'autre en courbant la tête, décontenancé.

— Ah ! tu ne sais, fit sir Evérard qui se leva d'un bond. Et depuis quand, coquin, fais-tu des courants d'air chez moi, en oubliant de fermer les portes ? Ne crains-tu pas que quelqu'un ne s'enrhume et ne veuille tirer le verrou ? Suis-je devenu ton propre valet et est-ce à moi de remplir ton service ?

En parlant, il s'était approché d'une panoplie et en avait décroché une longue cravache.

— Bas ta veste, maudit traître ! que je te paye selon tes œuvres !

— Grâce, mon bon maître ! s'écria le valet d'une voix haletante, en se jetant à ses genoux. Je ne suis pas un traître... une minute d'oubli m'est arrivée... elle n'a pas eu de suites graves.

— Mais elle aurait pu en avoir, interrompit violemment sir Evérard, dont les prunelles lançaient des flammes sauvages. Allons, vil chien, ôte ta veste !

— Grâce ! répéta Piercy, qui tremblait de tous ses membres.

— Ah ! il te plaît que ce soit ton visage qui reçoive la caresse de cette mèche. Qu'il soit fait à ton gré !

Et, faisant tournoyer la cravache en l'air, il en cingla à trois reprises la figure du malheureux garçon.

Un cri aigu déchira les airs, et sur la joue hâlée, je vis de longues zébrures sanguinolentes.

Jusque-là, j'étais restée immobile sur mon siège, et comme indifférente à la scène qui se passait devant mes yeux ; mais devant la cruauté de mon tuteur, une bouffée de chaleur me monta à la face, et rejetant ma chaise loin de moi, je m'élançai et me jetai entre lui et sa victime, au risque de recevoir les coups.

— Retirez-vous, Marguerite ! rugit-il. D'où vient que vous osiez vous mettre entre ma colère et ce valet ?

Je ne pus m'empêcher de frémir à l'aspect de ses traits décomposés. Ses yeux étaient injectés de sang et ses prunelles semblaient vouloir sortir de leurs orbites.

Cependant, je ne reculai pas et je continuai de faire un rempart de mon corps au domestique toujours agenouillé sur les dalles.

Une courte lutte eut lieu entre le baron et moi. D'un bras, il me repoussait, et de l'autre, il brandissait la cravache au-dessus de ma tête. Heureusement, je réussis à en saisir l'extrémité.

— Sir Evérard, calmez-vous! m'écriai-je. J'ignore quels sont les torts de cet homme envers vous, mais quelque grands qu'ils soient, le châtiment les dépasse en horreur. Pouvez-vous oublier à ce point votre dignité et votre honneur!

Mes actes et mes paroles lui causèrent un tel étonnement, qu'il lâcha le fouet, subitement calmé... Jamais, je crois bien, à voir les regards de surprise et de fureur à la fois qu'il me lança, personne n'avait osé lui tenir tête comme je venais de le faire.

Un instant, il garda le silence, m'examinant, les sourcils froncés.

— Vous êtes folle ! me dit-il ensuite. J'aurais pu vous réduire en miettes. Depuis quand un homme supporte-t-il, sans les châtier, les sottises de ses valets ?... Et vous avez osé intervenir !

— Pour vous empêcher de commettre un acte barbare, monsieur ! répliquai-je, simplement.

— Ce misérable ne mérite pas votre compassion, je vous assure !

Il jeta sur Piercy un regard chargé d'indicible dégoût.

— Relève-toi, animal, et va te laver le museau.

— Permettez que j'aille moi-même panser ses blessures, intervins-je. J'ignorais cet homme avant ce jour, votre colère me l'a fait remarquer. Il a droit à présent à toute ma pitié.

Et m'adressant au pauvre diable qui essuyait le sang de son visage avec un mouchoir à carreaux, j'ajoutai :

— Venez, mon ami, votre maître vous autorise à vous retirer et à vous faire soigner.

Le baron haussa les épaules d'un air de sarcasme.

— Vous avez la vocation d'une sœur de charité, ma chère. C'est très intéressant de vous voir dans l'exercice de vos fonctions !

Il eut un petit rire sec, et s'approchant de la table, il se versa un grand verre de vin qu'il avala d'un trait.

Profondément écœurée, je sortis, suivie du valet.

A peine avions-nous quitté la salle que celui-ci se tourna vers moi.

— Oh ! miss Margaret ! Comment m'acquitterai-je jamais envers vous ?... Vous êtes le premier être qui se soit intéressé à moi. Ici, je suis la bête noire des domestiques ; ils ne m'acceptent parmi eux que par force et par crainte ; le maître me méprise, vous l'avez vu ; et vous, sa parente, qui êtes jeune et jolie, vous ne dédaignez pas de vous occuper et de défendre un drôle de mon espèce !...

Pensant avec justesse que ce valet pourrait m'être utile par la suite, je renchéris encore sur le service que je venais de lui rendre, afin de bien le pénétrer de ses obligations envers moi.

— En effet, les autres se seraient plutôt réjouis de ton châtiment. Aussi, si tu es réellement reconnaissant de ce que j'ai fait pour toi, ne l'oublie pas, répondis-je. Et plus tard, si le hasard voulait que j'eusse besoin de ton aide, rappelle-toi que je me suis jetée entre toi et la colère de ton maître.

— Foi de Piercy, je n'oublierai jamais ! fit-il, le bras étendu solennellement. De ce jour, miss Margaret, je vous suis dévoué à la vie et à la mort.

Après que son visage saignant fut lavé et soigné, je rejoignis mon tuteur avec qui j'avais encore à travailler.

Je n'étais qu'à demi rassurée sur la réception qu'il allait me faire ; mais il m'accueillit comme d'ordinaire, et ce n'est qu'au moment où je me levais pour prendre congé de lui, après avoir achevé ma tâche, qu'il fit allusion à la scène de la salle à manger.

— Marguerite, me dit-il alors un peu sévèrement, je vous engage à ne jamais recommencer ce que vous avez fait à midi. J'ai supporté, pour une fois, que vous vous occupiez de choses qui ne vous regardaient pas ; mais si l'envie vous prenait de renouveler cette tentative, je vous préviens que je m'arrangerais pour la faire passer. Souvenez-vous de notre pacte et de la neutralité que vous avez promis de garder. Est-ce ainsi que vous tenez parole ?

— Je n'ai pu réprimer mon premier mouvement, monsieur, répondis-je d'une voix assez assurée, malgré la révolte intérieure que me causaient ses reproches.

— Dorénavant, surveillez mieux vos nerfs, fit-il sèchement. Je prétends ne pas en être incommodé... Vous pouvez vous retirer.

Cependant, quoiqu'il vînt de m'y inviter, je ne me pressai pas de le quitter.

Je voulus expliquer — mais non excuser — ma conduite, qui me paraissait avoir été toute naturelle en la circonstance.

Prévoyant les phrases que j'allais prononcer, sir Evérard me lança un regard de farouche intimidation.

— Inutile ! Ne parlez pas ! s'écria-t-il. J'ai horreur des explications. Sachez me comprendre à demi-mot et au besoin appelez votre raison à l'aide pour y parvenir... Retirez-vous, allons ! Bonsoir.

— Bonsoir ! répétai-je, un peu piquée par sa

façon de comprendre la liberté que chacun a d'expliquer ses actes.

Et je quittai son cabinet, profondément agitée de sensations diverses.

Le soir, il ne parut pas au dîner ; et durant plusieurs jours, il garda vis-à-vis de moi une attitude boudeuse et mécontente.

CHAPITRE VIII

On conçoit combien mon esprit fut tourmenté après cette journée fertile en événements de toutes sortes, auxquels j'étais loin de m'attendre et qui s'étaient déroulés si rapidement que je les avais vécus pour ainsi dire sans y réfléchir.

Aussi, le soir, seule dans ma tourelle, je me les remémorai et les examinai attentivement.

Tour à tour, ma promenade dans le mystérieux jardin abandonné, l'habitant inconnu du donjon en ruine, le rôle indécis de Piercy qui paraissait être le geôlier de cet inconnu en même temps qu'il semblait craindre ses colères, la peur étrange que mon tuteur avait que quelqu'un ne trouvât ouverte une porte de communication entre le devant et le derrière du château, occupèrent et retinrent longtemps mon attention.

Mais ce fut surtout sur mon défenseur du matin que ma pensée s'attarda le plus longtemps.

Quel était cet homme qui ne venait jamais de ce côté de Malbackt ?

Pouvait-il sortir de sa tour ou y était-il prisonnier, comme tout d'abord je me l'étais figuré ?

La mine rébarbative de mon tuteur, ses allures et surtout les singulières façons de Piercy, donnaient à cette version assez de vraisemblance.

Mais, pourtant...

Parce qu'il plaisait à mon imagination féminine d'échafauder un roman complet, s'ensuivait-il que le baron y jouât un rôle ; et ce rôle était-il forcément celui de tyran ? De même, cet homme entrevu à peine un instant avait-il bien toutes les qualités requises pour faire un héros et une victime ?...

D'ailleurs, comme je l'ai déjà dit, je ne connaissais pas les derrières du château, sauf ce que j'en avais vu, ce matin-là ; rien ne me prouvait qu'une autre issue, que celle par laquelle j'étais entrée le jour de mon arrivée, ne fût percée dans les murs de Malbackt, pour faire communiquer le grand jardin solitaire avec le dehors et permettre à mon inconnu de sortir du domaine sans être vu de ses habitants.

Et quand même il n'y aurait pas eu d'autre porte que celle-là, l'homme du donjon qui m'intriguait tant ne pouvait-il pas encore être un reclus volontaire — il y a des gens qui ont l'humeur si chagrine ! — ou un malade à qui la solitude était nécessaire ?

A ce sujet, me rappelant les quelques mots entendus à l'auberge entre Kilean et notre hôtesse, je les rapprochai de ce que j'avais vu le matin et j'essayai d'en tirer des déductions.

Mais ce travail de tête ne reposait que sur des suppositions ; aucune donnée fixe ne venait aider mon imagination et force m'était de renoncer à comprendre.

En effet, comment expliquer qu'il y eût un rapport entre ce sir Roland, qui devait être fou, d'après ce que j'avais saisi des paroles de l'aubergiste, et cet inconnu qui, d'une façon pleine de bon sens, était intervenu en ma faveur, le matin ?

Comment comprendre l'attitude craintive de

Piercy en entendant ses menaces et la concilier avec le rôle de geôlier qu'il paraissait remplir auprès de lui ?

Comment aussi raisonner sur la fidélité de chien de ce valet envers le maître qui le châtiait si cruellement ?

Comment juxtaposer la terreur irraisonnée de l'un et le profond mépris doublé de confiance absolue de l'autre ?

Oui, tout cela était bizarre, enchevêtré, et je ne pouvais prétendre déjà en débrouiller l'imbroglio.

Mais ma curiosité était vivement excitée et j'en causai longuement avec ma nourrice à qui je racontai, par le menu, tous les événements de la journée.

— Seigneur Jésus ! s'écria-t-elle en joignant les mains, quand j'eus fini de parler. Votre tuteur est un affreux barbare ! Piercy ne vaut certainement pas une corde neuve pour le pendre, mais une telle correction dépasse une pendaison !

Je souris.

— Je crois cependant que ce valet préfère encore la cravache à la potence.

Elle se mit à rire à son tour.

— Sans doute ! Seulement, comme il doit haïr le baron !

— Il lui est fidèle, pourtant.

— Parbleu ! comme le chien l'est à sa chaîne, et puis, il y a de la sorcellerie là-dedans. Votre tuteur et Piercy ont l'air de deux démons venus des enfers pour terroriser les pauvres gens. Ils se querellent parfois, mais, au fond, ils s'entendent très bien... Mon Dieu ! qu'est-ce que nous sommes venues faire dans cette galère !

— Voyons, Benoise, tu déraisonnes. On croirait

que tout cela nous concerne... La moindre des choses te paraît motif à nous alarmer.

— Ai-je tort?... Oseriez-vous soutenir qu'en vous faisant venir auprès de lui, sir Evérard n'ait eu certainement l'espoir de vous associer, à votre insu, à ses ténébreuses manœuvres?

— Le silence qu'il prétend exiger de moi et le soin qu'il prend de me dissimuler ses moindres actes rendent la chose vraisemblable.

J'avais dit ces mots si posément que Benoise en bondit de surprise.

— Et vous acceptez cela placidement! s'écria-t-elle.

— Que veux-tu?... C'est à moi de passer au crible les ordres et les actions du baron, afin de déjouer ses plans, si cela est possible.

— Vous croyez-vous donc assez forte pour lutter de ruse avec ce bonhomme aux yeux pervers, ma pauvre enfant? fit-elle avec émoi, en hochant sa tête grise.

— Pourquoi pas? répliquai-je avec fougue. Il vaut mieux tuer le loup que de se laisser croquer par lui. C'est de bonne guerre, cela! Depuis quelques jours, mon tuteur a réussi à endormir ma méfiance des premiers temps; son affabilité, sa jovialité même, m'ont subjuguée, mais voilà que tout d'un coup je sens cet échafaudage de confiance s'écrouler comme un château de cartes sous un souffle de vent. Sir Evérard s'est trompé en croyant que je serais entre ses mains une cire facilement malléable. Il est fort probable qu'il aura à compter avec moi s'il prétend me mêler à des choses malpropres.

Une sombre énergie me secouait tout entière en prononçant ces mots qui répondaient bien à mon état d'âme d'alors.

Je me sentais capable de faire comme je le disais.

J'étais d'un caractère tenace et opiniâtre ; l'éducation que j'avais reçue à Saint-Brieuc m'avait habituée à penser et à agir par moi-même, et si j'ajoute que j'avais hérité de mon père d'un grand fonds de bravoure qui me faisait rechercher les dangers pour le seul plaisir de les braver, on conçoit aisément combien toute faible jeune fille que je pusse paraître à cette époque, je pouvais être de fait redoutable aux projets de sir Evérard.

Après quelques minutes de silence, ma nourrice reprit tristement :

— Nous ferions mieux de quitter Malbackt et de nous en retourner chez nous... Qu'est-ce que vous voulez que deux pauvres femmes comme nous, sans amis dans ce pays, puissent faire contre un être aussi redoutable que l'est sir Evérard ?

— Mais rien ne nous prouve que nous soyons un jour obligées de lutter contre lui. Ensuite, quel motif veux-tu invoquer pour retourner en France ? Il te laissera partir, toi ; mais moi... Après tout, tu es libre et si tu as peur...

— Par exemple, interrompit-elle, rougissante de colère. Il ferait beau voir que je vous quittasse sous l'orage, pour aller me mettre à l'abri. Depuis dix-huit ans que je vous soigne, je crois que ma tendresse et mon dévouement ne vous ont jamais fait défaut... Vous êtes méchante, Marguerite, de me supposer capable de vous abandonner dans ce pays sauvage !... D'ailleurs, je m'en moque, moi, de votre tuteur ! Si je crains quelque chose, c'est pour vous ; car quand je vois ses prunelles de feu vous examiner, il me semble qu'il va se jeter sur vous comme sur une proie longtemps convoitée... Avec toutes les histoires auxquelles vous avez été mêlée aujourd'hui, me voici encore moins tranquille.

— Bah ! dis-je en l'embrassant affectueusement, ne te fais pas de mal et ne va point te mettre martel en tête à mon sujet. Je t'assure que je ne suis pas mécontente de ce qui m'est arrivé. Depuis quelques semaines, nous vivions dans une désespérante monotonie, et les heures me semblaient d'un long… Cette journée va être tout un événement pour moi. Je vais y penser encore longtemps, et la curiosité aidant, voilà qui va donner un peu d'intérêt à mon séjour à Malbackt.

En parlant ainsi, j'ignorais jusqu'à quel point ces événements allaient effectivement bouleverser ma paisible vie.

En effet, à partir de ce jour, je n'eus plus de repos avant d'avoir découvert l'explication de ce que, pompeusement, je nommais : *Le Mystère de Malbackt.*

On eût dit qu'une force mystérieuse me poussait à vouloir connaître à fond ce que je ne faisais encore que pressentir du secret de mon tuteur, au point qu'en cherchant à découvrir la vérité, il me semblait obéir à la voix de ma conscience.

CHAPITRE IX

Souvent, je m'étais demandé si mon tuteur, en me faisant venir à Malbackt, avait eu l'intention de m'y enfermer.

Il y avait cinq semaines que j'étais en Ecosse et je n'avais pas encore mis les pieds au-dehors du château, si ce n'est pour me promener dans la cour intérieure que la maison principale, les communs et les hautes murailles cernaient complètement.

Mais cette cour était plutôt petite. Une partie en était dallée, le reste ne comprenait que quelques corbeilles de roses, et j'en avais vite fait le tour.

Or, un jour que sir Evérard était particulièrement gai, j'en profitai pour lui demander l'autorisation de sortir de Malbackt et de me promener dans la campagne environnante, que de la fenêtre de ma chambre je découvrais en partie.

— Vous vous ennuyez ? me demanda-t-il quand je lui eus exposé ma requête.

— Pas précisément, répondis-je. Seulement, je suis habituée aux longues marches : à Saint-Brieuc, les jardins de la pension étaient très grands et nous pouvions y courir à notre aise. En outre, deux fois par semaine nous allions en excursion quelquefois très loin...

— Je ne vois aucun inconvénient à ce que vous

fassiez de même ici. Si vous aimez à sortir seule, toutefois, car quel compagnon vous agréerait parmi mes gens ?...

— Croyez-vous qu'il y ait du danger à se promener sans escorte, par ici ? interrompis-je.

— Oh ! nullement.

— Eh bien ?... D'ailleurs, je ne suis pas peureuse !

— Vous êtes libre, alors, d'aller où bon vous plaît... Pourvu que je sache où vous envoyer chercher si j'ai besoin de vous.

— Je ne m'éloignerai jamais beaucoup de Malbackt, dis-je pour aplanir les dernières difficultés. Le plateau qui entoure le château m'a paru assez vaste, quand je suis venue ici, pour que je puisse l'explorer sans passer plusieurs fois par le même chemin. Là, se borneront mes promenades pour le moment et vous pourrez facilement m'y trouver.

— Entendu.

Je le remerciai d'avoir si vite accédé à mon désir — ce qui me surprit même beaucoup, car je m'attendais à l'entendre pousser des hauts cris — et l'après-midi, profitant de sa permission, je sortis de Malbackt.

Dès que la lourde porte se fut refermée derrière moi, je m'orientai, cherchant quelle direction suivre.

A ma droite, une étroite bande de terrain me séparait du *glen,* au fond duquel grondait le torrent, et les murailles de la forteresse se dressaient jusqu'au bord de l'abîme.

C'était donc inutile de me diriger par là...

En face de moi, la ligne blanche de la route que j'avais suivie en voiture pour venir tranchait en zigzag sur la couleur sombre des bruyères.

Enfin, à gauche, le plateau s'étendait très loin, jusqu'à mi-hauteur de collines s'échelonnant à l'horizon.

L'idée me vint de contourner les murailles de Malbackt de ce côté pour me rendre compte de la grandeur exacte de ce domaine et m'assurer, en même temps, s'il n'y avait pas une seconde issue permettant d'entrer dans le château par derrière.

Aucun sentier n'était tracé dans la lande. Je suivis le bord du fossé creusé auprès du mur.

Je marchai longtemps avant de trouver le coude de la muraille. Ayant regardé ma montre, je vis qu'il y avait vingt-huit minutes que j'étais partie du seuil de la porte.

Cela me rendit rêveuse.

Sur ces vingt-huit minutes, il y en avait bien vingt que je devais avoir dépassé le château.

Le jardin était donc immense et sir Evérard, pourtant fort bon administrateur de sa fortune, n'en tirait aucun profit. C'était encore une preuve de son désir de ne laisser personne pénétrer dans cette partie de Malbackt.

« A moins que cette extrémité du jardin ne soit affectée à un usage dont je n'ai pas soupçon », pensai-je soudain.

Et pour m'en assurer, j'aurais voulu me hisser jusqu'au faîte du mur et regarder de l'autre côté.

Malheureusement, c'était chose impossible et je dus me contenter de poursuivre ma promenade en tournant à gauche, de façon à toujours longer le fossé et le mur.

Au bout de deux cents mètres environ, j'arrivai sur le bord du *glen*. J'en conclus que l'emplacement occupé par Malbackt avait la forme d'un immense rectangle, avec deux côtés se dressant le long des flancs à pic du précipice qui, à une certaine distance, devait former un angle, et les autres sur la terre ferme.

Enfin — détail important — aucune porte n'était percée de ce côté, dans le haut mur. L'habitant du donjon ne pouvait donc pas sortir...

« Grand Dieu ! est-ce que ma première hypothèse était la bonne et le malheureux était-il vraiment prisonnier ?... »

Réfléchissant à ces choses, j'allais revenir sur mes pas, quand, machinalement, ayant examiné l'endroit de plus près, je remarquai que, contrairement à ce que j'avais cru tout d'abord, la muraille n'était pas bâtie sur la lisière même du *glen.*

Entre celui-ci et celle-là, il y avait une étroite bande de terrain d'environ deux mètres de large, que des arbrisseaux et des ronces enchevêtrés les uns dans les autres recouvraient totalement.

Cette découverte me fit bondir de joie, car, sûrement, si ce couloir se continuait assez loin, il devait passer au pied même du fameux donjon en ruine auquel je ne cessais de penser. Et, autre point très intéressant pour moi, il était fort probable que les murailles de Malbackt fussent moins élevées par là qu'ailleurs, le *glen* ayant dû paraître une sécurité suffisante au moment de sa construction.

Qui donc, en effet, dans le temps où les luttes féodales obligeaient chacun à se fortifier chez soi, n'aurait pas craint de s'aventurer, par l'étroit passage, au faîte du précipice ? Des créneaux du mur, on pouvait lancer des pierres, des flèches, du plomb fondu et des gerbes enflammées sur l'audacieux qui aurait osé prendre un chemin si périlleux pour approcher de Malbackt, et la possibilité d'une pareille tentative n'avait pas dû être regardée comme diminuant la sécurité de la forteresse.

Voulant m'assurer tout de suite de la justesse de mon raisonnement, j'allais m'élancer et essayer de me frayer un passage à travers les broussailles, en dépit du danger que cela pouvait présenter, quand je m'aperçus que le soleil était déjà bas à l'horizon.

J'avais perdu beaucoup de temps à réfléchir et, à cette heure, c'eût été téméraire que de tenter pareille promenade au bord d'un abîme.

Je la remis au lendemain et rebroussant chemin, je me hâtai de rentrer à Malbackt.

CHAPITRE X

C'est ce soir-là que je reçus d'un inconnu un singulier avertissement.

La nuit était sombre.

Je venais de quitter la salle à manger du château pour gagner ma tourelle, quand, au moment où j'allais entrer dans celle-ci, une voix tout près de moi murmura en français :

— Parlez en breton avec votre nourrice : les murs de votre tour ont des oreilles.

Ces mots avaient été prononcés si bas que je me crus le jouet de mon imagination. Pourtant, instinctivement, j'étendis le bras dans la direction de la voix, mais ma main ne rencontra que le rebord de pierre d'un soubassement.

Le cœur battant d'émoi, je prêtai l'oreille et je crus percevoir le bruit d'un pas léger courant sur le gravier.

J'écoutai jusqu'à ce que je n'entendisse plus rien ; alors, verrouillant solidement toutes les portes derrière moi, je montai à ma chambre.

Je devais être très pâle, car, en me voyant entrer, ma nourrice leva les bras au ciel.

— Qu'avez-vous donc, Marguerite ? s'écria-t-elle.

— Chut ! lui dis-je. Parle bas : on nous espionne...

Et suivant le conseil que l'on m'avait donné, je lui racontai en breton ce qui venait d'arriver.

Naïve et superstitieuse, comme le sont généralement les filles de l'Armorique, elle crut à une intervention divine, surnaturelle tout au moins.

Mais comme je riais franchement de sa croyance aux esprits, elle cessa ses suppositions pour me demander sur un ton d'inquiétude :

— Comment expliquez-vous, autrement, que vous n'ayez pu ni apercevoir ni saisir qui vous parlait ?

— Parce que je ne m'attendais pas à trouver quelqu'un si près de moi, et qu'entre l'instant où la voix parla et celui où j'étendis le bras, quelques secondes s'étaient écoulées que le mystérieux personnage avait mises à profit pour déguerpir. D'ailleurs j'ai entendu marcher.

— C'est possible ; mais, pourquoi, dans ce cas, n'avez-vous rien vu ? reprit-elle peu convaincue.

— Tout simplement à cause de la nuit très noire... et puis, je venais de quitter un appartement brillamment éclairé... transition brusque à laquelle mes yeux n'étaient pas encore habitués.

Elle réfléchit un moment.

— Vous devez avoir raison, fit-elle ensuite, en hésitant. Je crois aussi, à présent, qu'il s'agit d'un être en chair et en os.

— Ce qui veut dire, ma chère Benoise, qu'en dehors de mon tuteur et de nous, il y a au château une autre personne parlant français. Et ce quelqu'un nous veut du bien, encore !... Il s'agit de le découvrir et c'est toi qui vas prendre ce soin !

— Moi ! Et comment voulez-vous ?

Elle me regardait, stupéfaite.

— Ecoute, examine, regarde autour de toi. Il y a cent à parier qu'il s'agit d'un domestique. Connais-tu tout le personnel de Malbackt ?

— Oh ! non, il y a une trentaine de serviteurs, au moins, qui mangent chacun à leurs heures. Ceux qui prennent leurs repas avec moi sont : Kilean, Piercy, Rudolphe, Fred...

— Je te passe la litanie de leurs noms, interrompis-je doucement. Cherchons plutôt si, parmi ces gens, il n'en est pas un qui semble s'intéresser à toi ou qui ait l'air de comprendre ce que tu dis quand tu parles.

— Hum ! ce n'est guère facile à deviner ! Tous, ici, me regardent avec curiosité, parce que mon costume et ma coiffe leur paraissent choses nouvelles. Mais, quand je parle — ce que je fais le moins souvent — ils haussent les épaules ou secouent la tête pour m'indiquer qu'ils ne comprennent ce que je dis...

A ce moment, elle s'arrêta, dressa l'oreille, et mit un doigt sur ses lèvres pour me recommander le silence.

— Il y a quelqu'un près d'ici. J'ai entendu une porte grincer, murmura-t-elle.

Nous écoutâmes, immobiles, retenant notre respiration pour mieux entendre.

Nous perçûmes alors un craquement sur le plancher d'une autre chambre que la nôtre, puis un léger bruit partant de l'épaisseur de la muraille.

Tout d'abord, je me sentis pâlir.

Je regardai fixement du côté d'où semblaient venir les sons étranges, comme si j'allais voir sir Evérard apparaître. Mais je me fis violence pour refouler mes terreurs et je me mis à parler très haut *en français* du beau temps, de la pluie, de notre chère Bretagne et des êtres que nous y avions laissés.

Ma nourrice me regardait avec surprise ; elle me croyait devenue folle.

— Donne-moi donc la réplique, lui glissai-je dans l'oreille, en m'arrêtant pour reprendre haleine. Ne devines-tu pas qu'il nous faut dépister les oreilles qui nous écoutent...

Elle sourit, en poussant un gros soulagement : mon attitude lui avait causé plus de frayeur que les bruits nocturnes venant de la muraille.

Bientôt, comme nous n'osions plus reprendre notre causerie intime, dans la crainte qu'on ne fût resté à nous espionner, nous nous séparâmes pour gagner nos lits respectifs.

Je ne dormis guère cette nuit-là.

Mon cerveau surexcité par tous les événements de la soirée martelait mes tempes avec rage.

Je croyais toujours entendre des bruits insolites venant de l'autre côté du mur auquel était adossé mon lit, et quoique je fusse certaine que ce n'était qu'une hallucination de mon esprit fatigué, je me dressai plusieurs fois sur ma couche, les yeux hagards plongeant dans l'obscurité.

A un moment même j'appelai ma nourrice à voix basse.

— Benoise, n'entends-tu rien ?

Celle-ci qui, comme moi, ne pouvait trouver le sommeil, me répondit aussitôt :

— Si, je vous écoute vous retourner dans votre lit... Vous avez un peu de fièvre, ma pauvre chérie, voulez-vous que je vous donne quelque chose ?

— Un verre d'eau sucrée, si tu veux : j'ai soif. Tu trouveras du sucre dans le vase de cristal sur le guéridon.

Elle fit craquer une allumette et se leva.

Je fus contente de la voir près de moi. Sa bonne figure ronde, maternellement penchée sur mon lit, faisait envoler tous mes vilains fantômes.

— Tu ne peux croire comme ma pauvre tête travaille, depuis une heure, lui dis-je en buvant à petites gorgées le breuvage qu'elle m'avait préparé. Tout ce que j'ai fait, dit et vu, depuis que je suis à Malbackt, m'est revenu à la mémoire. C'est ainsi que je me souviens très bien avoir déjà entendu, plusieurs fois de suite, les mêmes craquements étranges dans la chambre située de l'autre côté de notre tour.

— Je me suis rappelé ces mêmes choses, tout à l'heure, répondit-elle. Mais cela ne doit pas nous surprendre : on vous a prévenue, tantôt, que nous étions espionnées. Cessez donc de penser à tout cela, mignonne, demain nous en reparlerons et dormez vite, car la nuit s'avance...

Je l'embrassai de plusieurs baisers sonores, et me tournant vers la muraille, je finis par m'endormir complètement cette fois.

CHAPITRE XI

Aussitôt éveillée le lendemain matin, je me hâtai de courir à ma fenêtre et de m'assurer du temps qu'il faisait.

Depuis une semaine, le ciel était gris et brumeux, et je souhaitais lui voir un plus riant aspect pour mon excursion projetée sur le bord du *glen.*

Hélas ! ce jour-là, il faisait encore plus triste figure que d'habitude. Un brouillard épais empêchait de distinguer la rive opposée du précipice et noyait entièrement les collines d'alentour.

Il est vrai que le vent, se faisant sentir par larges bouffées, pouvait encore balayer la brume. Mais au milieu de la matinée, il tomba brusquement, et une petite pluie fine et serrée transforma assez vite le plateau en un immense terrain bourbeux.

Force me fut de remettre à plus tard ma promenade, et comme la pluie tomba sans discontinuer plusieurs jours de suite, je dus me résoudre à prendre patience.

Pendant tout ce temps de réclusion forcée que je passai à lire dans ma chambre, ma nourrice ne restait pas inactive.

Adroitement et sans bruit, elle menait sa petite enquête, et un soir elle m'annonça triomphalement qu'elle avait découvert le mystérieux personnage qui m'avait donné en français le charitable avis de me méfier de mon tuteur.

— Cela n'a pas été tout seul, me dit-elle avec une naïve satisfaction de soi. Il m'a fallu ruser et épier comme un chasseur aux aguets. A chaque repas, je m'arrangeais toujours, sous un prétexte quelconque, à avancer ou à retarder l'heure de me mettre à table, de telle façon que j'y rencontrais toujours des visages nouveaux.

« Or, à midi, je remarquai un homme d'une quarantaine d'années, qui m'observait en dessous avec assez d'insistance, en même temps que de bienveillance.

« Cependant, comme les Ecossais sont gens fort empressés auprès des femmes, et qu'à Malbackt il n'y a que trois domestiques féminins à opposer aux vingt-cinq ou trente serviteurs mâles, je pouvais m'expliquer ainsi l'attention dont j'étais l'objet de la part de ce garçon.

— Ce n'est pas mal raisonné, ma brave Benoise, fis-je en souriant.

Heureuse de mon approbation, elle reprit son récit :

— Donc, il fallait m'assurer des véritables raisons qui le faisaient s'intéresser à moi.

« Je profitai pour cela du moment où un silence relatif régnait parmi les convives.

« — Voulez-vous me passer la salière ? fis-je en ayant soin de ne m'adresser à aucun d'eux en particulier.

« Ne connaissant pas le français et ne pouvant, par conséquent, comprendre ma demande, la plupart des domestiques tournèrent la tête vers moi et m'interrogèrent du regard.

« Seul, celui dont je viens de parler prit sur la table l'objet réclamé et me le passa.

« — Merci, monsieur, lui dis-je aimablement pour l'engager à échanger quelques paroles avec moi, mais il garda le silence.

« Trois fois, je renouvelai pareille tentative pour bien m'assurer qu'il n'y avait pas là un simple hasard, parlant tantôt d'une chose, tantôt d'une autre, et trois fois je vis ses yeux se diriger machinalement vers l'objet que je venais de nommer.

« Qu'en pensez-vous, Marguerite ?

— Que tu mérites des compliments... Mais continue, tu m'intéresses. Tu n'as pas dû en rester là ?... Qu'as-tu fait ensuite ?

— J'ai abordé ce garçon au sortir de table.

« — Parlons ensemble, puisque vous connaissez le français, lui ai-je dit.

« — Ah ! qui vous a dit ?... balbutia-t-il.

« — Votre exclamation à l'instant, répondis-je.

« Il se troubla visiblement ; puis, me regardant, il se mit à rire.

« — C'est vrai ! que je suis bête !

« — Mais non !... Dites-moi, êtes-vous de ce pays ?

« — Non, je suis français... de Normandie...

« — Comment cela ? m'écriai-je. Vous êtes français et depuis deux mois que je suis ici, vous ne m'avez jamais parlé ! Ce n'est pas d'un bon compatriote, cela !

« Il se gratta la tête d'un air embarrassé.

« — Ce n'était pas très commode : je suis souvent absent d'ici. Je vais tous les jours chercher à la poste de Dumfries le courrier de sir Evérard... et puis...

« — Et puis ? interrogeai-je en voyant son hésitation.

« Il regarda autour de lui avec inquiétude.

« — Le baron m'a recommandé de ne pas avoir avec vous de conversation, fit-il à voix basse.

« — Et pourquoi, cela ?

« — Je ne sais pas. Il dicte ses ordres mais ne fait pas connaître ses motifs. Peu m'importe, du reste ! Il me paie bien, et grâce à ce que je gagne ici, je puis soutenir ma vieille mère et mes deux sœurs restées là-bas, en Normandie... Je n'en demande pas plus.

« — Y a-t-il longtemps que vous êtes ici ?

« — Douze ans ! Le baron m'a pris à son service au cours d'un voyage qu'il fit en France à cette date... Mais voilà que mon cheval est prêt, il faut que je vous quitte, mademoiselle Benoise !

« — Madame, rectifiai-je pour qu'il n'y ait pas de confusion.

« — Tant pis ! fit-il, sans que je comprisse pourquoi il disait cela.

« Et après m'avoir serré amicalement la main, je le vis s'éloigner et se mettre en selle pour quitter Malbackt. Voilà tout ce que j'avais à vous dire, Marguerite.

— C'est suffisant et je suis bien contente de toi, ma chère Benoise. Tu vois qu'avec un peu de malice, on arrive facilement à savoir ce que l'on veut connaître.

— Et que devrai-je faire, maintenant ?

Je réfléchis un bon moment avant de lui répondre.

— Ecoute, fis-je ensuite. Tu es au courant de tout ce qui m'est arrivé depuis que nous sommes à Malbackt. Bien des choses nous ont été révélées incidemment, mais beaucoup nous sont encore inconnues. Il dépend de ton adresse à interroger ce domestique... à propos, comment se nomme-t-il ?

— Son nom est Jean, mais ici on dit couramment John.

— Allons pour John ! Donc, il dépend de toi d'interroger John adroitement pour que beaucoup de points, qui nous paraissent encore mystérieux, nous soient expliqués.

— Que voulez-vous savoir ? fit-elle très sûre d'elle-même.

— Tout ce qui peut se rapporter à l'inconnu du donjon et à sir Roland !

— Sir Evérard, vous voulez dire ?

— Non ! j'ai bien dit : *sir Roland.* Tâche de savoir si ce n'est pas un être imaginaire ; ou si, existant réellement, il n'est autre que l'homme de la tourelle.

— J'essaierai de vous satisfaire, promit-elle simplement.

Le surlendemain, elle m'apportait les renseignements demandés, non pas aussi clairs, ni aussi détaillés que je les aurais voulus, mais suffisants pourtant pour soulever un peu le voile qui recouvrait ce que je continuais de nommer *le Mystère de Malbackt.*

Il lui avait été difficile de rencontrer John sans témoin ; celui-ci semblait craindre de se trouver en tête à tête avec elle, et elle avait dû aller attendre, dans une écurie, le moment où il venait chercher son cheval pour le seller.

Alors, s'interposant entre lui et la porte, elle l'avait obligé à l'entendre et à lui répondre.

La peur seule de perdre sa place faisait que John la fuyait, car dès la première fois qu'il l'avait vue, il s'était senti attiré vers elle par un sentiment très tendre et qui ressemblait fort à de l'amour.

Il ne faut pas oublier que ma nourrice n'avait à

cette époque que quarante et un ans. C'était une belle luronne, aux joues pleines et rosées, aux yeux vifs, au sourire engageant ; et il n'y avait rien d'étonnant à ce que John, garçon sérieux et sevré de tendresse féminine, en fût tombé si vite amoureux.

Je crois même que la brave femme utilisa cette passion au mieux de nos intérêts.

— Vous me fuyez, John, ce n'est pas bien, lui dit-elle, ce jour-là, en lui barrant le passage.

Il poussa un gros soupir.

— On n'est pas toujours libre de faire ce que l'on veut, madame Benoise.

— Allons donc ! Qui vous en empêche !

— Les murs ont des oreilles et la langue longue, parfois...

— Oui, et je vous remercie de nous en avoir prévenues.

— Quoi, vous savez ! balbutia-t-il. On en avait parlé à l'office et alors...

— Je sais ça et bien d'autres choses encore ! fit-elle en riant.

Et décidée à frapper tout de suite un grand coup, elle ajouta :

— Ainsi ce n'est pas par vous que j'ai appris à connaître sir Roland.

Il sursauta, effaré.

— Vous le connaissez ?

— Parfaitement, répondit-elle avec une superbe assurance. Mais, vous-même, ne l'avez-vous pas vu ?

— Non, bien sûr ! dit-il en hochant la tête. Et les autres non plus. On parle de lui à voix basse ; mais au fond, on n'est pas bien sûr qu'il existe... Et vous dites l'avoir vu, vous ?...

— Oui da ! Mais vous m'amusez ! Quelle histoire fait-on donc sur son compte ? Ce doit être curieux ; dites un peu pour voir ?

Elle lui souriait si gentiment, que le brave garçon se laissant prendre à la naïve curiosité qu'elle manifestait, se mit à lui raconter tout ce qu'il savait.

— Pas grand-chose... cela doit être vieux déjà. Quand je suis arrivé ici, toute la domesticité de Malbackt avait été renouvelée depuis peu et personne ne parlait de lui. On l'ignorait. Ce qu'on en a appris ensuite, c'est par les gens du dehors. Ils disent comme ça que c'est un neveu du baron qui est devenu fou subitement ; qu'il est dans un souterrain, sous ce château, et que souvent on entend ses cris et ses gémissements. Mais je n'y crois guère ; je n'ai jamais entendu rien de semblable.

— On m'avait dit qu'il habitait un appartement ou une tourelle derrière ce château, se hasarda à dire Benoise.

Le domestique se mit à rire.

— Heu ! légende !... C'est parce qu'on voit souvent Piercy de ce côté et que le maître le nourrit avec les restes de sa propre table, qu'on dit cela... Comment voulez-vous qu'un être humain habite si près de nous, sans que nous nous soyons aperçus de sa présence ? C'est invraisemblable !... Pourtant, si vous l'avez vu...

Bonne comédienne, elle parut hésiter, puis, délibérément, elle revint sur ses premières affirmations.

— Je n'en suis pas très sûre, maintenant... On m'avait parlé de lui ; alors l'imagination a vite fait de bâtir un roman... La cervelle trotte et d'une ombre fait un être humain... Ce n'est pas très gai d'être tous les jours enfermée dans les murs de

Malbackt et on se dédommage en parlant... On s'occupe un peu des maîtres, et comme sir Evérard est riche, on lui attribue tous les pouvoirs. Car il passe pour avoir joliment de l'argent, le baron ?

— Je ne sais pas... Kilean prétend que la fortune appartient au fameux neveu et que le baron n'en est que... comment dire ?

— L'administrateur.

— Oui, c'est ça ! Mais cela ne nous intéresse pas, madame Benoise ! Les maîtres font à leur manière et nous autres à notre façon. Chacun s'arrange comme il l'entend, et du moment que personne ne se plaint et ne réclame, c'est que tout va bien.

— Bien dit, monsieur John !

— A la bonne heure, c'est plaisir de causer avec vous ! Vous n'êtes pas comme Mrs Edie, avec qui on ne peut causer cinq minutes sans qu'elle se mette à raconter des horreurs sur le compte du maître. Ah ! si vous l'entendiez, vous en frémiriez ! C'est elle qui m'avait dit que le baron vous espionnait... je ne sais comment elle s'y prend, elle connaît tout ce qui se passe !

— Mais, cette fois-là, il me semble qu'elle avait raison ?...

— C'est ce que j'ai pensé, et comme il s'agissait de vous qui m'êtes très sympathique et de votre demoiselle si gentille et si peu fière, alors pour une fois, je suis sorti de ma réserve : « Faut que je les avertisse » que je me suis dit. Et je l'ai fait...

— Et cela m'a procuré le plaisir de vous remercier. Mais je vais vous quitter, car avec mon bavardage, je vous fais perdre du temps.

— Bah ! On le rattrapera. Le temps que je passe près de vous n'est pas du temps perdu pour tous. Si vous saviez comme ça me rend heureux !...

— Eh bien ! alors, parlez-moi plus souvent. Entre compatriotes, pas besoin de se gêner.

— Si, à cause du baron... Il est si drôle ! Oh ! S'il n'y avait que moi, je serais toujours fourré près de vous, pour vous raconter tout ce qui me passe par la tête depuis votre arrivée ici...

— Mais moi, je ne veux rien entendre de cela ! Aussi, je vous quitte pour vous obliger à vous taire...

Et partant d'un joyeux éclat de rire, elle se sauva, le laissant tout décontenancé par sa rapide retraite.

CHAPITRE XII

Quand ma nourrice m'eut raconté ce que je viens d'écrire, mon désir d'explorer le côté de Malbackt longeant le *glen* devint plus vif encore.

Je me disais que si je pouvais arriver à parcourir l'étroit passage sur une longueur de deux cents mètres seulement, j'apprendrais peut-être encore beaucoup de choses sur l'habitant du vieux donjon.

Je commençais à croire sérieusement qu'il était le fameux sir Roland. Il me restait à m'en assurer.

Une semaine tout entière s'écoula sans que je pusse sortir du château, à cause du mauvais temps. Puis, un beau matin, le soleil reparut et le vent cessa dc souffler.

Je résolus de ne pas attendre davantage pour mettre mon projet à exécution.

Justement, sir Evérard Dunbuy avait quitté Malbackt la veille au soir, escorté de quelques serviteurs ct dc sa meute de chiens pour aller prendre part à une grande chasse au cerf, dans un comté voisin. Cela me permettait une plus grande liberté de mouvements.

Je sortis du château aussitôt le déjeuner de midi, vêtue d'une robe courte, en drap solide et épais, afin de diminuer les chances de déchirures que j'allais rencontrer au milieu des broussailles.

Quand je fus arrivée à la lisière du *glen,* j'hésitai un peu avant de m'aventurer sur l'étroite bande de terrain dont j'ai parlé.

Cette excursion m'apparut soudain dangereuse et téméraire.

Le moindre faux mouvement, la plus petite inattention pouvaient me coûter la vie. Les pluies récentes avaient détrempé complètement le sol ; mes pieds n'avaient qu'à glisser sur cette surface molle, et avant d'avoir pu me cramponner à quelque branche d'arbre, je pouvais être précipitée dans l'abîme.

Tous ces dangers que je me préparais à affronter, peut-être inutilement, se présentèrent à mon esprit en moins de temps qu'il ne faut pour l'écrire. Et je restais debout, le dos appuyé contre la muraille du château, hésitant sur le parti à prendre car je n'osais plus avancer et je ne voulais pas davantage retourner en arrière.

Cependant, mon découragement fut de courte durée. J'exerçai un puissant empire sur mes idées, me refusant à écouter plus longtemps les appréhensions de mon imagination qui s'exagérait le péril.

Ma soif d'apprendre la vérité, ma curiosité de savoir ce qui se passait derrière ces murs, me ressaisirent tout à coup.

— Je n'ai qu'à longer continuellement le pied de la muraille, pensai-je, et j'aurai entre moi et l'abîme, un rideau de verdure. Ces arbustes et ces broussailles sont ma sécurité... Il est certain que cette bande de terre n'est pas très large, mais si le *glen* ne la côtoyait pas, elle me paraîtrait une allée délicieuse à parcourir : c'est donc par pusillanimité que je n'ose m'y promener... Foin de cette frayeur ! Je ne serais pas digne d'être la fille de mon père, si j'hésitais davantage.

Et après avoir évalué ainsi l'étendue véritable du danger que j'allais courir, j'écartai bravement les broussailles, et j'entrai dans l'étroit passage.

Il me fallut longtemps pour faire les premiers pas. Les ronces et les arbres rabougris étaient très épais à l'entrée et ils se dressaient devant moi, malaisés à contourner.

Enfin, je gagnai un endroit un peu plus découvert, où je pus sans beaucoup de difficultés avancer de deux ou trois cents mètres.

Volontiers, j'aurais crié victoire, car, déjà, je pouvais constater que, selon mes prévisions, le mur allait décroissant de plus en plus en hauteur. Encore un peu d'efforts, et je pourrais en me hissant le long d'un arbre, ou en m'aidant des crevasses entre les pierres, regarder par-dessus ces mystérieuses murailles.

Cependant, pour y arriver, il me restait un dangereux obstacle à surmonter et c'était le plus sérieux que j'eusse rencontré jusqu'alors.

Sur un espace de trois pieds environ, le terrain était éboulé, ce qui formait une crevasse béante, coupant complètement en deux le passage, et pour continuer d'avancer, il me fallait la franchir en sautant.

Un arbre, faisant saillie, me fut d'une grande utilité.

Je saisis une des branches à pleines mains, et, fermant les yeux pour ne pas voir le torrent qui grondait sourdement au-dessous de moi, je sautai de l'autre côté du trou.

J'avais heureusement calculé mon élan, et en retombant, je sentis la terre ferme sous mes pieds.

— Dieu soit loué ! m'écriai-je, je suis enfin au but !

En effet, j'étais arrivée à l'endroit où le mur était le moins haut.

Néanmoins, je ne pouvais encore en atteindre le faîte, et, pour y parvenir, je dus grimper sur plusieurs grosses pierres que j'empilai les unes au-dessus des autres.

Ainsi exhaussée, je pouvais regarder par-dessus la muraille.

Le jardin était complètement désert.

De ma place, mon regard l'embrassait d'une extrémité à l'autre, et cela me permettait de constater qu'en dehors de la tour solitaire qui se dressait sur ma droite, à quelques mètres plus loin, il ne renfermait aucune autre construction. Nulle trace de culture ne se voyait et je remarquai que le petit sentier partant de la terrasse de Malbackt pour aboutir à la tour, était seul tracé sur le sol.

Personne donc, sauf Piercy, dans ses allées et venues, ne se promenait dans ce jardin. De là à conclure que l'homme du donjon était prisonnier, il n'y avait qu'un pas. Cette réflexion me remplit d'indignation et je m'écriai à part moi :

— Ah ! sir Evérard, pour pouvoir jouir d'une fortune qui ne vous appartient pas, vous avez enfermé dans ces vieilles murailles le possesseur de cette fortune. Prenez garde ! Le Ciel ne permet pas toujours aux méchants de triompher... Est-il impossible de réussir à ouvrir les portes si bien fermées sur le malheureux captif ? Par tout ce que j'ai de plus cher, je vous jure de m'y employer.

Pendant que je me tenais ce petit discours, mes yeux restaient attachés sur la vieille tour.

Tout à coup, il me sembla qu'une main invisible relevait un coin de rideau d'une des fenêtres.

Alors, une idée folle et téméraire me passa par l'esprit.

Sans réfléchir au danger que cela pouvait présenter si j'étais aperçue de quelqu'un du dehors, je saisis la toque d'astrakan qui me couvrait la tête et je l'agitai, au bout de mon bras, comme un signal d'amitié.

Aussitôt, le coin du rideau retomba.

J'attendis longtemps, les yeux rivés sur l'étroite fenêtre, une réponse qui ne vint pas.

Au bout de trente minutes environ, découragée de l'insuccès de mes avances, je descendis de mon poste d'observation.

Seulement, comme j'avais encore plusieurs heures devant moi avant de rentrer à Malbackt, au lieu de retourner sur mes pas, je continuai à avancer jusqu'au pied du donjon.

Arrivée là, je m'assis auprès d'une touffe de noisetiers, le regard tourné vers le *glen*, avec le secret espoir que celui pour qui j'avais bravé tant de périls me donnerait peut-être des marques de sa présence.

L'air était tiède, à cette heure ; une brise légère secouait les branches au-dessus de ma tête et faisait envoler les mèches bouclées de ma chevelure.

Les mains croisées sur mes genoux, je contemplai le sévère paysage qui s'étendait en face de moi.

Attentive d'abord au moindre bruit partant de la tour, je tombai bientôt dans une vague rêverie dont je fus tirée brusquement par la chute d'une pomme de pin qui roula jusqu'à mes pieds.

En même temps, une fenêtre que je n'avais pas entendu ouvrir, se referma au-dessus de moi avec un long grincement.

D'un bond, je fus debout et ramassai la pomme de pin.

Un morceau de papier, plié et roulé, était fiché dedans comme une cheville dans son trou.

A cette vue, mon cœur fit un saut dans ma poitrine.

— Que le Ciel soit béni ! m'écriai-je joyeusement. Voici enfin une indication !

D'une main tremblante, je dépliai le petit papier qui était couvert d'une écriture haute et déliée :

« Qui que tu sois, ange (comme mon geôlier te nomme avec admiration) ou démon (comme tu me parais être) pourquoi viens-tu me troubler jusqu'ici ?

« Est-ce pour étaler devant moi ta grâce agile, ton sourire moqueur et ta joie de vivre libre et heureuse que, depuis une heure, tu te tiens au pied de ma prison ? Ou plutôt, ne serait-ce pas pour complaire à mon bourreau qui, ne sachant plus quels tourments inventer pour me faire souffrir, s'en serait rapporté à toi de ce soin ?

« Ses dents et ses ongles se sont émoussés sur moi, les tiens doivent être en meilleur état... Il a dû te les acheter et te les bien payer ! Le joli son que rend l'argent des autres quand on peut en disposer librement et qu'on est sûr de l'impunité... Evérard Dunbuy ne le marchandera pas, si tu le sers bien. Il pourra doubler tes gages, te couvrir de bijoux et de dentelles, et même te nommer l'exécuteur de ses hautes œuvres !

« Vrai, tu me parais avoir toutes les souplesses pour remplir cet emploi ! Le sauvage Piercy pleure d'attendrissement quand il parle de toi ; et celui qu'il nomme son maître, accepte de ta part les choses les plus invraisemblables... Ce sont des titres de gloire, cela ! Tu dois en être fière !... Et devant leur victime, tu viens étaler ton insolent triomphe !

« Oh ! Je te déteste, toi, l'être libre qu'aucune

entrave ne blesse ! Je te méprise, toi, que mes bourreaux aiment et louangent à l'envi ! Et si tu veux savoir où je puise tout le fiel dont mon âme est remplie à ton égard, demande-le à tes yeux, à tes yeux noirs, à tes yeux menteurs qui, sous une lueur attendrissante, cachent leur perversité...

« A travers les murs de ma prison, je les sens fixés sur moi ; ils sont curieux et gourmands ; ils voudraient contempler ma détresse et mon abandon ; ils semblent se repaître du spectacle de la lente agonie qui, depuis treize années, ne m'a pas encore terrassé.

« Mais, je crois te voir rire ? « Il est fou, cet homme ! » disent tes lèvres hautaines. Et digne émule d'un docteur, idiot et ivrogne, qui vint jadis me visiter, tu iras partout le répétant.

« Va ! Pour consacrer ainsi son mensonge, Dunbuy te donnera au moins des pendants d'oreilles... Et sous mes fenêtres, tu pourras venir me les faire admirer.

« Mais, qui sait ; ce ton te déplaît ?... Tu es femme, et dans toute personne de ton sexe, on rencontre souvent un semblant de cœur. Peut-être en as-tu un, quoique ce soit bien encombrant dans le monde à présent !... Eloigne-toi donc, ne te fais pas la complice d'un crime... Ne réveille pas ceux qui dorment depuis longtemps...

« Un prisonnier a sa fierté tout comme un autre mortel ; laisse-le pleurer en paix, sans demander aux murs le secret de ses larmes. Et si, par une folle générosité, tu voulais encore t'occuper de lui, *dis-toi que ta personne est la dernière qu'il souhaite voir auprès de lui.* »

Je relus trois fois cette singulière épître avant de la comprendre. J'étais atterrée.

Les phrases menues et hachées arrivaient difficilement à mon esprit, mais quand j'en eus bien saisi le sens, je me sentis envahie par une profonde tristesse et j'éclatai en sanglots, sans songer que du donjon on pouvait me voir et jouir de mes larmes.

Ainsi, c'était à ce piteux résultat qu'avaient abouti tous mes efforts et toutes mes recherches.

Insensée que j'étais ! A quel absurde sentiment avais-je obéi, jusqu'ici ? De quel droit m'étais-je occupée d'un être que je ne connaissais pas et qui ne me demandait rien ? Quelle idée romanesque avait traversé mon cerveau en voulant jouer ce rôle d'ange protecteur ?...

Oh ! sir Roland — car c'était bien vous, je n'en doutais plus alors — vous aviez bien combiné les termes de votre lettre ! Sur ma folle ardeur à votre cause, vous aviez jeté à propos la douche glacée de vos sarcasmes. Comme des feuilles sèches que le vent fait envoler au loin, toutes les illusions et les chimères qui me faisaient cortège depuis quelque temps s'étaient dissipées au souffle de votre ironie.

Et maintenant, mon âme que j'avais jugée plus forte gémissait d'orgueil blessé, de honte, de colère, de détresse.

Je me méprisais de m'être exposée à cette cruelle humiliation de voir mes actes dénaturés et raillés par celui-là même qui eût dû les accueillir avec joie.

Pourquoi donc m'étais-je mise ainsi en avant ?

D'avoir été méconnue, des rancœurs me montaient contre cet inconnu vers qui j'étais venue la main si charitablement tendue.

Remplie de généreux espoirs, prête à tout braver pour le secourir, j'étais arrivée jusqu'à lui. A mes avances, il n'avait répondu que par des paroles de haine et de mépris.

Quel cœur de pierre, quelle âme basse et jalouse possédait-il donc pour faire un crime d'une conduite trop romanesque peut-être, mais à coup sûr exempte de mauvaises intentions à son égard ?

Pas un instant l'idée ne me vint que le malheureux pouvait être dans un état d'esprit de beaucoup inférieur au mien, que treize années de captivité doivent aigrir un homme ; que la perfidie et la cruauté rencontrées chez ses bourreaux avaient dû déformer son jugement et l'amener à une excessive méfiance pour tout ce qui vivait...

Non, ces pensées d'excuse ne me vinrent pas, et c'est indignée et désillusionnée que je rentrai à Malbackt, ce soir-là.

CHAPITRE XIII

Comment refis-je le chemin dangereux sans accident ? Je ne sais... J'allais machinalement, la tête en feu, les jambes molles, brisée par le découragement qui m'anéantissait tout entière.

Quand ma nourrice me vit entrer dans ma chambre, elle poussa un cri de frayeur.

— Grand Dieu ! Que vous est-il arrivé, Marguerite ? Etes-vous blessée, vous êtes pâle à faire peur !

— Non, rassure-toi... je n'ai rien, fis-je en me laissant tomber dans un fauteuil auprès de la cheminée, sur le marbre de laquelle j'appuyai mon front brûlant.

— Si ! vous avez quelque chose, reprit-elle en s'agenouillant tendrement devant moi. Vous avez pleuré. Il y a encore des larmes mal séchées au coin de vos paupières... Là, voilà qu'elles coulent encore. Ma pauvre chérie, qui donc vous a fait de la peine ?

D'habitude, je lui racontais tout ce qui m'arrivait d'heureux ou non.

Ce soir-là, je ne sais quelle retenue, quelle pudeur plutôt, me fermait les lèvres. Je ne lui fis pas connaître la profonde désillusion que j'avais essuyée. Je trouvai un motif pour lui expliquer mon trouble et mon chagrin.

Cependant, comme elle m'interrogeait sur mon excursion de l'après-midi et qu'elle prononçait le nom de sir Roland, je l'interrompis brusquement.

— Ne me parle plus jamais de cet homme ni de quoi que ce soit qui se rattache à lui... Je ne veux rien savoir de ce que tu peux apprendre à son sujet. Qu'il soit pour nous comme s'il n'existait pas.

Elle me regarda avec stupéfaction.

— Que signifie ? balbutia-t-elle. Ce matin encore vous me disiez votre ferme intention d'arriver jusqu'à lui...

Au souvenir de mes beaux projets, un frémissement me secoua de la tête aux pieds.

— J'ai changé d'avis, répondis-je sourdement. Chacun pour soi, ici-bas... On ne me reprendra jamais à m'occuper des affaires des autres !... Mais laissons tout cela... Tiens, aide-moi à me dévêtir. Je n'ai point faim, ce soir, je préfère me coucher.

En hochant la tête, Benoise prépara mon lit.

— Tout ça nous jouera un mauvais tour, murmura-t-elle tout en travaillant. Je donnerais bien un an de ma vie pour être en ce moment dans ma petite maison de Guingamp, avec vous, assise sur mes genoux, comme lorsque vous étiez toute petite. Au moins, on y était sûr du lendemain ; notre existence se passait au grand jour, et vous n'aviez pas aussi mauvaise mine qu'aujourd'hui.

En toute autre circonstance, cette évocation de mon enfance si calme m'eût été agréable ; mais à ce moment, elle m'irrita.

— Laisse donc le passé dormir en paix, nourrice, puisque nous ne pouvons rien changer au présent, m'écriai-je d'une voix impatiente. Si tu crois que c'est pour mon plaisir que je suis ici !...

Avec ça, qu'ils sont aimables, les hôtes de Malbackt ! Mon tuteur est peut-être encore le plus gracieux de tous.

Mes dernières paroles eurcnt le don de la faire bondir.

— Vous divaguez, Marguerite ! Sir Evérard, gracieux ! Vraiment, vous perdez la tête !... Mais tenez, votre lit est prêt, couchez-vous. Je crois effectivement qu'une bonne nuit vous est nécessaire...

En continuant de bougonner contre mes lubies, elle borda mes couvertures, me baisa au front, puis s'en alla manger car la cloche du dîner était sonnée depuis longtemps déjà.

Et comme elle refermait la porte sur elle, je l'entendis qui disait à mi-voix :

— Le baron, gracieux ! Ma parole, la pauvre enfant a le délire, ce soir !

Brave fille ! elle avait raison ; j'étais absurde de m'affecter de si peu de chose. Mon âge était celui des illusions et s'il m'avait fallu pleurer à la perte de chacune de ces illusions, ma vie entière n'y aurait pas suffi !...

CHAPITRE XIV

De ma tristesse de la veille, il ne restait pas grand-chose quand je m'éveillai très tard, le lendemain matin.

Un grand apaisement s'était fait dans mon esprit et je riais presque au souvenir de mon vif découragement.

« La nature humaine est bien changeante, en vérité, me disais-je en manière de raillerie. Un rien qui dérange nos plans, ou un petit obstacle qui se dresse sur notre route, et nous voilà, martel en tête, disposés à voir tout en noir. Vraiment, mon aventure d'hier ne valait pas que j'y attachasse tant d'importance. Sir Roland est un monsieur grognon et peu aimable ; moi, une petite fille très romanesque, nous ne pouvions guère aller de compagnie...

Ma sérénité me surprit même un peu et voulant m'assurer qu'elle était bien sincère, je pris le billet de sir Roland que j'avais conservé et je le relus tout d'un trait.

Je ponctuai la dernière ligne d'un bel éclat de rire.

— Il a l'humeur chagrine, cet homme. Ses phrases sont tranchantes comme une lame et mordantes comme les dents d'un fauve ; mais il n'a guère l'occasion de les décocher, et, vraiment, j'aurais tort de trouver mauvais qu'il me prît pour plastron ! Cette escrime-là doit lui faire du bien, dans sa solitude !

Ma nourrice s'attendait probablement à me voir la figure à l'envers, car quand elle m'apporta mon déjeuner, elle leva les bras au ciel, stupéfaite de la belle humeur que j'accusais.

— A la bonne heure ! Vous êtes joyeuse et fraîche comme un soleil d'avril. Votre mélancolie est donc dissipée ?

— De même que les brumes de la nuit s'effacent à l'aube naissante ! fis-je avec emphase.

Puis, aussitôt, gaiement :

— Vive la joie ! foin de nos soucis ! C'est dimanche aujourd'hui ; j'éprouve le besoin de me dégourdir les jambes ; nous sortirons ensemble cet après-midi pour faire une promenade dans un petit bois que j'ai découvert au fond de la vallée. Cela te va ?

— A Dieu ne plaise que je refuse pareille proposition ! Vous demandez à un malade s'il veut la santé. Il y a assez longtemps que je suis enfermée à Malbackt pour sentir toute l'ivresse d'un jour de liberté...

Nous sortîmes donc.

Ce fut un des plus beaux après-midi que j'aie passés à Malbackt.

Le ciel était serein, un joli soleil se jouait dans les ramures des arbres, pendant qu'un vent léger soufflait à nos oreilles comme un murmure de printemps.

Pour gagner le petit bois que j'avais aperçu de loin, nous dûmes descendre du plateau et traverser la vallée par un abrupt sentier de chèvre.

Puis ce fut une région d'enchantement. La nature y était représentée dans tous ses aspects. On y voyait des taillis peuplés de violettes, des champs de bruyères semés de chênes vigoureux, des falaises éboulées avec de gros entassements de rochers au milieu des ronces, des petits filets d'eau qui coulaient silencieusement sous la mousse.

Parfois, nous croisions en route un pâtre conduisant son troupeau de bœufs dans une des vertes prairies qu'on apercevait au bout de la gorge, ou encore quelque fillette aux cheveux flottant à la diable, escortée de moutons blancs comme une bergère de roman.

C'était délicieux !

Nous nous assîmes à l'ombre d'un grand sapin, planté au sommet d'un petit promontoire dominant la vallée, et nous partageâmes la frugale collation que Benoise, en fille avisée, avait eu la précaution d'emporter.

Charmante dînette ! Des gouttes de lumière pleuvaient sur nos corps nonchalamment allongés ; des oiseaux sifflaient, au-dessus de nos têtes rieuses, une mélodie d'amour ; et, par une splendide échappée, nous voyions dans le lointain les toits d'ardoise d'un petit village que le soleil criblait de flèches d'argent.

Nous ne rentrâmes à Malbackt qu'avec la nuit.

Au moment où nous débouchions de la voûte sombre d'entrée, Piercy se promenait sur la terrasse, semblant guetter notre arrivée.

Dès qu'il m'aperçut, il vint vers moi et me dit qu'il souhaitait un entretien.

Je laissai Benoise monter seule dans notre tour et je fis avec lui quelques tours le long des massifs de roses.

Maintenant, il ne semblait plus pressé de parler. Je l'examinai à la dérobée.

— Que me veux-tu ? lui dis-je. Tu sembles inquiet ?

— Oui, miss Margaret. Je voudrais que sir Evérard fût ici...

Son ton pensif me frappa.

— Te serait-il arrivé un malheur pendant l'absence de ton maître ?

— Un malheur ? Je ne crois pas...

Il parut hésiter, puis se décidant, il me demanda d'un ton très humble, comme pour se faire pardonner la liberté qu'il prenait de m'interroger :

— Quand le baron est parti, il n'a pas jugé nécessaire de me dire combien de temps durerait son voyage... Le savez-vous, miss, et pouvez-vous me renseigner ?

— Il a parlé de huit ou dix jours, je crois...

— Huit jours ! s'écria-t-il. Un homme ne peut pas vivre si longtemps sans manger ?...

Je le regardai, étonnée.

— En l'absence de mon tuteur, quelqu'un est-il donc privé de nourriture ? lui demandai-je. Si cela est, je puis prendre sur moi de lui fournir des aliments.

Il secoua sa grosse tête aux yeux de brute qui se faisaient si doux maintenant pour me regarder.

— Oh ! ce n'est pas cela, miss ! Il s'agit d'une personne qui a juré de me faire voir le diable, pendant que sir Evérard est éloigné de Malbackt. Elle refuse de manger, et quand le baron rentrera, il s'en prendra à moi de cette singulière lubie...

J'eus l'intuition qu'il s'agissait de sir Roland.

J'aurais pu interroger Piercy ; perplexe comme il l'était, il m'en aurait probablement appris très long ; mais certaine lettre me brûlait encore trop les doigts pour que l'envie me prît de m'occuper à nouveau d'affaires qui ne me concernaient pas.

« Lèvres closes et yeux fermés », voilà quelle serait ma devise désormais.

— Je ne puis rien faire pour te tirer d'embarras, dis-je au valet. Fais pour le mieux, et quand ton maître rentrera, tu lui rendras fidèlement compte de tes efforts et de tes inquiétudes. Il est impossible qu'il te juge responsable de choses indépendantes de ta volonté et auxquelles tu ne peux rien changer.

Il soupira et me lança un regard en dessous.

Je crois bien qu'il était venu à moi avec l'espoir que je le questionnerais, et qu'ensuite, lorsqu'il aurait satisfait ma curiosité, je pourrais lui être utile pour mettre à la raison son convive récalcitrant.

Devant ma réserve, il n'osa pas parler et il me quitta, non moins embarrassé que quand il m'avait abordée...

CHAPITRE XV

Sir Evérard Dunbuy rentra à Malbackt le samedi suivant, dans la matinée.

Il paraissait de joyeuse humeur et fredonnait une ariette en descendant de voiture.

Galamment, il s'inclina devant moi et baisa le bout de la main que je lui tendais.

— Vous êtes ravissante, ma chère, aujourd'hui, me dit-il, avec, sur le visage, une expression d'aimable bonhomie. Cette robe grise vous va à merveille. Mais venez donc chez moi, je vous ai apporté une superbe collection de volumes. Vous qui adorez les livres, vous allez pouvoir vous réjouir.

Et passant mon bras sous le sien, il m'entraîna jusqu'au coquet salon qui précédait sa chambre.

— Voici les ouvrages, reprit-il, en me désignant un gros paquet qu'un domestique déposait sur une chaise. Il y a là dedans les principales œuvres de Scott et de Dickens, cette littérature vous changera un peu de celle, trop sérieuse pour vous, que renferment les bibliothèques de Malbackt.

Il coupa la ficelle qui retenait le paquet et une quinzaine de gros volumes, richement reliés en maroquin, apparurent à mes yeux ravis.

— Examinez tout cela pendant que je vais faire

un brin de toilette. Après quoi, nous irons déjeuner, car le voyage m'a ouvert l'appétit et je compte dire un mot à certaine terrine de pâté de chevreuil dont l'arôme me poursuit depuis ce matin que je l'ai achetée.

Sa gracieuseté me fit plaisir.

L'avouerai-je ?... Le baron m'avait presque manqué, durant ces derniers jours. Mon complet désœuvrement pendant ce temps et mon aventure sur le *glen* y avaient du reste beaucoup contribué.

Cependant, quoique je fusse heureuse de le voir revenir pour reprendre avec lui nos occupations de chaque matin, je dois reconnaître qu'il m'épouvantait encore plus qu'auparavant.

L'idée de treize ans de captivité qu'il avait fait subir à sir Roland et l'accusation de captation de fortune que celui-ci avait portée contre lui me harcelaient sans cesse.

Et pendant que, délicatement, je feuilletais les pages des magnifiques volumes qu'il venait de m'apporter, je frémissais à la pensée qu'ils avaient dû être payés avec l'argent du prisonnier.

Un quart d'heure après qu'il m'eut quittée, le baron reparut, frais et la mise soignée.

Au même moment, Piercy heurta à la porte du salon.

— Peste soit de toi, coquin ! s'écria le baron en le voyant paraître. Crois-tu donc que mon estomac ait du temps à te consacrer ? Tu viendras me parler quand j'aurai achevé mon repas.

— Ce que j'ai à dire, maître, ne saurait être différé plus longtemps, répondit gravement le valet.

— Va-t'en au diable, drôle ! Plus tard, je t'entendrai !

Il fit un pas vers la porte, mais Piercy réussit à le retenir.

— Je ne serai pas long, mylord. Il s'agit de... de l'autre... et c'est grave !

Le baron tressaillit et s'arrêta. Puis, fronçant ses gros sourcils, il interrogea la figure de son domestique.

— Allons, maître Satan ; je t'accorde deux minutes, sois bref ! fit-il.

Et se tournant vers moi, il ajouta :

— Descendez, Marguerite. Je vous rejoins tout de suite.

Je gagnai la salle à manger, un peu agitée, car le souvenir de sir Roland me poursuivait en dépit de ma volonté. Déjà, l'effet déplorable que m'avait produit sa lettre s'était atténué, et la pitié, un moment chassée de mon cœur par l'orgueil, y régnait à nouveau en maîtresse.

Sir Evérard fut plus d'une heure avant de venir me retrouver, et lorsqu'il reparut, sa gaieté avait fait place à une sombre inquiétude.

Le déjeuner fut expédié vivement et en silence ; c'est à peine si mon tuteur toucha aux mets qu'on lui présentait ; même le fameux pâté de chevreuil, dont il n'avait pas exagéré l'appétissant fumet, le laissa froid.

Décidément, ce que Piercy lui avait communiqué devait être fort grave à en juger par le rapide changement qui s'était fait chez lui. Comme nous nous levions de table, il se tourna vers moi.

— Je n'aurai pas le temps de travailler avec vous aujourd'hui, me dit-il brièvement. J'ai fait porter quelques livres dans votre chambre, amusez-vous à les lire. Si j'ai besoin de vous, je vous ferai prévenir.

L'après-midi s'écoula sans qu'il me fît demander, et le soir, on me servit à dîner dans ma tour, sir Evérard ayant, paraît-il, un convive étranger au château, avec lequel il désirait être seul.

— John m'a dit que c'était un docteur, me raconta ma nourrice. Sir Evérard, à midi, l'a envoyé quérir au plus vite.

— C'est à Piercy qu'il a confié cette mission ?

— Non, celui-ci ne sort jamais de Malbackt. C'est John qui fut dépêché au village voisin...

— Et ce docteur, quel homme t'a-t-il paru être ?

— Je n'ai fait que le voir de dos ; mais Mrs. Edie, avec qui je commence à pouvoir converser, m'a expliqué qu'il avait une déplorable réputation. Il passe pour achever tous les malades qu'on lui confie et pour caresser trop souvent la bouteille. Ainsi, il ne vient que très rarement au château, mais chaque fois, on est obligé de le porter jusqu'à sa voiture, à cause de son état d'ébriété.

— Joli docteur, ma foi !... Sais-tu qui est malade ici ?

— Dame ! le baron, probablement... Qui voulez-vous que ce soit ?... A moins qu'il ne s'agisse de celui que vous nommez sir Roland ?

— Oui... peut-être.

La pensée que ce pouvait être ce dernier qui fût malade m'était insupportable, car cette maladie coïncidait, non seulement avec l'absence de sir Evérard, mais aussi avec ma promenade sur les bords du *glen*.

N'y avait-il là qu'un curieux rapprochement, absolument fortuit ? Ou, vraiment, ma présence auprès du donjon avait-elle contrarié le prisonnier au point de le rendre souffrant ? L'étrange lettre qu'il m'avait écrite donnait à cette hypothèse assez de vraisemblance pour que je fusse tourmentée.

Toute la nuit, cette idée m'obséda.

Quand je fermais les yeux, il me semblait voir un spectre se dresser devant moi.

« Pourquoi as-tu imposé ta présence à un homme qui ne la réclamait pas, fille curieuse ? » me jetait-il au visage. Et comme je voulais fuir, pour ne plus entendre sa voix maudite, il me poursuivait et m'obligeait à l'écouter encore : « Ne le vois-tu pas affaissé dans ce coin ? Regarde ! Repais tes yeux de ses souffrances. N'est-ce pas cela que tu voulais ?... Réjouis-toi donc, il courbe la tête pour cacher les larmes de honte qui lui viennent aux yeux... Ton insolente pitié a eu raison de son orgueil. Loin de te braver, c'est lui qui te supplie de le laisser tranquille. » Et le grimaçant fantôme continuait de me harceler de ses sarcasmes qui m'affolaient.

Ce n'est qu'à l'aube que je réussis à m'endormir, mais ce fut d'un sommeil très lourd, plus épuisant qu'une veille prolongée.

CHAPITRE XVI

A dix heures, je dormais encore, et ma nourrice fut obligée de me secouer pour me réveiller.

— Vite, Marguerite, levez-vous. Votre tuteur vous fait demander. Ce doit être grave : Piercy a la mine joliment longue.

Je m'habillai à la hâte et je descendis rejoindre le baron qui, en m'attendant, arpentait à grands pas son cabinet.

En l'apercevant, je ne pus maîtriser un mouvement d'appréhension tant l'expression de son visage était sombre et inquiète.

Sa face était blême, ses sourcils contractés violemment formaient une raie sévère au-dessus de ses yeux durs, ses lèvres tremblaient comme s'il se parlait à lui-même et son corps était agité de mouvements fébriles.

Il se raidit en me voyant entrer.

— La destinée est bizarre, me dit-il d'une voix qu'il s'efforçait de rendre calme. Quand je vous ai appelée auprès de moi, il y a trois mois, je ne comptais utiliser que votre savoir... Depuis, votre société m'est devenue précieuse. Votre vivacité d'esprit m'a charmé, malgré moi. Il m'en coûterait beaucoup de me séparer de vous, à présent. Je veux croire que vous-même avez trouvé quelque plaisir à vivre en ma compagnie.

Ne comprenant pas où il voulait en venir, je fis un léger signe de tête qu'il put croire d'assentiment.

Il continua :

— J'ai appris à vous connaître ; à votre insu, je vous ai étudiée de très près et je ne pense pas me tromper en affirmant que vous êtes incapable de trahir un secret qui vous serait confié.

Nouveau signe de tête de ma part.

— C'est pourquoi, reprit-il, je viens aujourd'hui faire appel à votre loyauté en même temps qu'à vos qualités de femme, c'est-à-dire à votre sensibilité et à votre dévouement... Puis-je espérer que vous ne me refuserez ni l'une ni l'autre ?

Ignorant ce qu'il attendait de moi, je pris soin de ne pas trop m'avancer en lui répondant :

— Je vous écoute, dis-je simplement.

Et je m'accoudai au dossier d'un haut fauteuil pour lui prêter toute mon attention.

Il s'assit devant son bureau et, mettant sa tête dans ses mains, il resta un long moment immobile.

— Marguerite ! s'écria-t-il soudain en découvrant son visage, il y a un douloureux secret dans ma vie. Je vais vous le dévoiler ; jurez-moi de ne jamais le répéter !

Ses paroles me causèrent tant de surprise que je restai un instant tout interloquée. Puis me ressaisissant :

— Vous êtes libre, monsieur, de ne pas me le faire connaître si vous craignez que mes lèvres ne le redisent ensuite à d'autres.

— Non ! je ne le crains pas, fit-il en me regardant dans le blanc des yeux. Ecoutez-moi.

« On croit généralement que je n'ai plus de

famille, continua-t-il en baissant le ton comme s'il avait eu peur que les murailles de son cabinet ne l'entendissent... Et j'ai laissé s'accréditer cette croyance parce que c'eût été une souffrance intolérable pour mon cœur et pour mon orgueil, que la pitié des autres s'exerçât sur le seul parent qui me reste : un neveu que j'aime tendrement, que j'ai élevé comme mon propre fils, sur qui je fondais mes plus belles espérances... Et j'aurais eu lieu d'être fier de lui si un épouvantable malheur ne s'était appesanti sur ma maison... à dix-huit ans, il devint fou subitement... »

Il s'arrêta pour respirer. Et pendant ce court arrêt, où ma tension d'esprit était moins grande, je me demandai pourquoi il me disait tout cela.

Mais déjà, il reprenait son récit qu'il n'interrompit plus.

Sa voix sonnait faux à mes oreilles. Quelque chose au fond de moi — peut-être le souvenir de la lettre de sir Roland — me disait qu'il mentait. Cependant, ma maîtrise de moi fut assez grande pour que, sur ma physionomie, rien ne parût de ma méfiance.

Il continua :

— Ma peine fut infinie. Je ne pouvais croire à une pareille catastrophe ; mais après avoir consulté les plus célèbres médecins aliénistes, je dus reconnaître sa folie. On voulut me l'enlever pour l'enfermer dans un de ces asiles qui sont de véritables prisons... Je résistai ; je fis démarche sur démarche et je réussis à obtenir qu'on me le laissât... On exigea seulement de moi la promesse de le tenir écarté, afin qu'il ne pût être une cause de danger pour son entourage. J'ai pu observer jusqu'ici cette prescription ; nul ne s'est amusé de sa démence ; il a vécu tranquille et bien soigné dans un endroit solitaire.

« Depuis un an, je me réjouissais, une amélioration sensible s'était produite dans son état et l'espoir sonnait son joyeux carillon à mon cœur de père.

« Voici huit jours que tout est changé... un mal mystérieux le ronge ; il ne mange plus, ne remue plus et ne se plaint pas. Assis toute la journée au fond de son fauteuil, les yeux mi-clos, il paraît insensible à tout ce qui l'entoure...

« J'ai fait venir, hier, un habile docteur qui l'a examiné attentivement.

« Grand danger... dépérissement très prononcé... faiblesse extrême que je constate sans en découvrir la cause, m'a-t-il dit. Il faut de grands soins... une femme seule est capable de les donner intelligemment. Agissez promptement », a-t-il ajouté.

« Et, en me quittant, il ne m'a pas caché que je devais m'attendre à tous les dénouements...

« C'est horrible ! Mon pauvre enfant ! S'il me fallait le perdre !...

Le baron se tut comme écrasé par sa douleur, et cachant son visage dans ses mains, il se mit à sangloter.

Je le regardais, interdite et gênée, me demandant si le chagrin qu'il manifestait était faux ou réel. Il me semblait si différent de l'être hautain et revêche que j'avais coutume de voir en lui, que mes pensées en étaient déroutées.

Son désespoir me paraissait pourtant trop violent pour ne pas être simulé ; et la vue de ses larmes, au lieu de m'apitoyer, me révoltait.

J'aurais voulu prononcer quelques mots de consolation, mais les paroles s'arrêtaient dans ma gorge serrée par une émotion bizarre qui tenait autant de la pitié qu'il eût dû m'inspirer que de l'indignation que j'éprouvais réellement.

« Assez d'hypocrisie... cessez de jouer cette infâme comédie. Je ne vous crois pas », aurais-je voulu lui crier. Ma tentation de lui jeter ces mots à la face était si grande que je dus me contraindre et détourner la tête afin de ne plus le voir.

Devina-t-il mes sentiments ? C'èst peu probable. Ignorant combien déjà j'étais renseignée sur le secret qu'il supposait si bien caché, il devait me croire facile à convaincre.

Cependant, se redressant brusquement, il donna un grand coup de poing sur la table.

— Vous ne dites rien, Marguerite ! s'écria-t-il d'une voix rauque. Vous avez cependant bien compris ce que j'attendais de vous ?

— Vous vous trompez, répliquai-je avec calme. Et je regrette d'être obligée de vous dire que je ne soupçonne pas en quoi me concerne le long récit que vous venez de faire.

L'œil du baron s'illumina d'une sombre flamme.

Devant mon indifférence à ses larmes, il oubliait de jouer son rôle de parent affligé et redevenait lui-même, c'est-à-dire dur et volontaire.

— Je vais vous l'apprendre, alors ! reprit-il sourdement. Mon neveu est malade, mais je ne veux pas qu'il meure. Vous entendez : je ne veux pas ! Il faut qu'il vive ! Et c'est vous qui allez vous installer à son chevet, qui allez le soigner, qui allez lui rendre la santé... Cette fois-ci, vous avez compris ?

— Fort mal, monsieur. Je ne vois pas comment, moi, pauvre profane en science médicale, je pourrais détourner la maladie de quelqu'un, quand la Faculté se dit impuissante...

Il haussa les épaules, impatienté.

— Vous oubliez qu'avec des soins intelligents tout espoir est permis !... Ainsi, c'est entendu, dès aujourd'hui, vous entrerez en fonctions... Je me souviens que vous avez un goût prononcé pour le rôle de garde-malade.

Il sourit du bout des lèvres à cette allusion aux soins que j'avais donnés à Piercy.

Mon front ne se dérida pas.

Huit jours auparavant, sa proposition m'aurait remplie de joie ; mais, maintenant, je ne me souciais pas de me retrouver en face de sir Roland mais de l'importuner de ma personne.

J'essayai donc de résister au désir du baron.

— Cependant, si votre neveu est fou, comme vous me le dites, ne craignez-vous pas qu'il y ait quelque danger...

Il m'interrompit :

— Oh ! rassurez-vous ! Il est très doux ! Piercy qui l'a soigné jusqu'ici vous dira combien il est docile. Il l'habille, lui tient lieu de barbier, le sert à table, sans jamais avoir eu à se plaindre de lui.

— Oui, je devine... c'est un être très raisonnable...

Sir Evérard me lança un regard en dessous, se demandant quelle intention j'avais eue en prononçant ce dernier mot.

Mais je demeurai impénétrable.

Négligemment et sans affectation, je jouais avec un des glands du fauteuil, et dans mon attitude, il ne vit rien qui confirmât son soupçon.

— Vous n'avez plus rien à m'objecter ? fit-il d'un ton plus doux.

— Mon Dieu ! si. J'ai encore quelque chose à vous dire, et cela me paraît très grave, dis-je en souriant. J'ai tout lieu de croire que ma présence ne sera pas du tout salutaire à votre neveu, comme vous voulez bien l'affirmer... Je suis novice dans la science des soins à donner aux malades ; mes maladresses ne pourront que l'irriter et, partant de là, l'affaiblir davantage... Si vous m'en croyez, Benoise serait plus experte que moi à remplir cette tâche. Elle est très intelligente et dévouée, je suis sûre qu'elle plairait beaucoup plus à votre parent.

Il eut un mouvement de mauvaise humeur.

— Mais moi, je ne veux pas mettre une servante dans mes confidences ! Je désire que vous seule soyez au courant de mes affaires !... Avez-vous des raisons personnelles pour repousser ma requête ?... Non ! Eh bien ! ne discutez pas plus longtemps. Faites de bonne grâce ce que je vous demande et ne me contraignez pas à user de sévérité envers vous pour vous amener à satisfaire mes désirs.

Cette mise en demeure d'avoir à lui obéir sous peine de représailles me révolta, et je lui répondis assez sèchement :

— Quelque désagréable que soit pour moi ce rôle de nurse, du moment que vous exigez que je le remplisse, il ne me reste qu'à m'incliner puisque je n'ai pas le pouvoir de vous résister...

— A la bonne heure ! Venez donc ; je vais vous conduire auprès de mon neveu.

— Comment, tout de suite ? m'écriai-je, car décidément ses propositions ne me souriaient pas.

— Croyez-vous donc que nous ayons le temps d'attendre ? Je ne serai tranquille que quand je vous saurai auprès de lui.

Et, se levant, il me fit, d'un geste autoritaire, signe de le suivre.

Il ouvrit la petite porte du fond de son cabinet, me fit passer devant lui et après que nous fûmes sortis, il la referma sur nous et tira deux gros verrous, afin que, du cabinet, on ne pût pénétrer dans le corridor.

Comme nous arrivions sur la terrasse, il se tourna vers moi.

— Souvenez-vous, Margaret, de vos engagements. Vous m'avez promis de ne point vous ingérer dans mes affaires; voici le moment de fermer les yeux et les oreilles.

En parlant, il fixait sur moi ses prunelles grises chargées de menaces.

J'étais si mécontente d'être contrainte à soigner un homme qui me méprisait que j'éprouvai comme un soulagement à braver mon tuteur

— Rassurez-vous, monsieur, lui répondis-je froidement. Je devine trop bien qu'il y va de ma vie pour que l'envie de vous trahir me vienne jamais.

Il parut enchanté de ma souplesse et se frotta les mains comme s'il ne s'était pas aperçu de l'insolence de ma réponse.

— Décidément, vous êtes très raisonnable pour votre âge, reprit-il... C'est un plaisir que de débattre quelque affaire avec vous. Si vous n'existiez pas, il faudrait vous inventer...

Je redressai vivement la tête et lui lançai un sombre regard.

— Je vous en prie, épargnez-moi tous ces compliments, m'écriai-je, impatientée. Votre persiflage n'est guère fait pour me bien disposer à ma tâche de garde-malade.

Ses yeux pétillèrent de gaieté d'avoir réussi à me mettre hors de moi.

— Vous ne voudriez pas avoir le dernier mot avec moi, reprit-il, toujours du même ton ironique. Voici une heure que vous me tenez tête, sans raison apparente... Allons, ne boudez pas, ma chère ; cela ne va pas du tout à votre physionomie.

Tout en discutant de la sorte, nous avions atteint le donjon en ruine.

— Nous voici arrivés, fit-il en me montrant la tourelle solitaire. C'est là qu'habite mon neveu ; Piercy va vous conduire auprès de lui ; il vous dira beaucoup mieux que moi-même quelles sont ses habitudes. Vous n'aurez qu'à l'interroger et à le commander, il restera auprès de vous pour vous servir.

— Quelles dispositions avez-vous prises pour mes repas ? m'informai-je, car je prétendais ne rien laisser au hasard.

— Je m'en rapporte à vous. Si vous ne craignez pas de vous absenter, vous pourrez venir jusqu'à la salle à manger, sinon, on vous servira ici... Ah ! j'oubliais. La crainte que mon neveu, tout faible qu'il soit en ce moment, ne réussisse à s'échapper — ce qui, à cause de sa folie, serait très ennuyeux — m'oblige à certaines précautions. Ne soyez donc pas surprise si on referme soigneusement les portes derrière vous. Il n'y a rien là qui doive vous inquiéter ; vous serez toujours libre de sortir quand il vous plaira.

— Qui m'ouvrira ?

— Piercy, puisqu'il ne va pas vous quitter. Justement, le voici. Allez, Maggy, et n'oubliez pas que vous devez réussir...

Sur quoi, après m'avoir lancé un regard significatif, il fit demi-tour et d'un pas plus lent reprit le chemin du château.

« Réussir ! Réussir ! Très facile à dire ! m'écriai-je à part moi. Me voici entre un malade qui me déteste et un bourreau qui m'ordonne de rendre la santé à sa victime, sous peine des pires châtiments... Comme tout cela est invraisemblable ! »

CHAPITRE XVII

J'aurais voulu me recueillir et remettre un peu d'ordre dans mes idées qui s'embrouillaient au milieu de toutes ces choses étranges auxquelles je n'étais pas préparée ; mais ne me laissant pas le temps de la réflexion, Piercy se pencha vers moi, inquiet de mon immobilité de statue.

— Voulez-vous monter, miss Margaret ? Le baron m'a dit ce matin que vous viendriez soigner le jeune maître.

Je tressaillis.

« Ainsi, avant de m'avoir consultée, sir Evérard savait que j'accepterais, pensai-je. Comme il fallait qu'il fût sûr de me contraindre !... »

Soudain, avec la rapidité d'un éclair, un horrible soupçon me traversa l'esprit.

« Si toute cette histoire n'était qu'un piège... un honteux guet-apens, pour m'attirer dans cette tourelle et m'y enfermer ? »

Je me sentis pâlir, et Piercy, qui m'examinait, s'en aperçut.

— Vous ne voulez pas monter, miss Margaret ? me dit-il doucement.

Je le regardai, remplie d'un émoi inexprimable.

— Ce n'est pas possible, Piercy ; après ce que j'ai fait pour toi, tu ne voudrais pas être complice de ton maître pour me faire du mal ?...

D'effroi instinctif, ma voix tremblait.

Il sourit pour me rassurer.

— Que craignez-vous donc, miss ? fit-il en penchant vers moi sa haute taille de colosse.

— Sir Evérard est capable de tout... même de m'enfermer et de m'ensevelir vivante, s'il juge à propos de se débarrasser de moi. Jure-moi, Piercy, que si je rentre à ta suite dans ce donjon, c'est pour y soigner un malade et que je serai libre de sortir quand il me plaira.

— Je vous le jure ! répondit-il de son même air soumis. Vous avez tort de vous méfier de moi, miss ! Je vous suis plus dévoué qu'à mon maître. Plutôt que le laisser toucher à un de vos cheveux, je l'étranglerais de mes mains.

Son ton de farouche dévouement me parut sincère.

— Je te crois... Marche devant ; je te suis.

Sa figure s'illumina.

— Venez sans crainte.

Je franchis derrière lui la petite porte de fer qui grinça lamentablement et nous pénétrâmes dans le vieux donjon.

Un étroit escalier en colimaçon conduisait au premier étage.

Sur la première marche, je m'arrêtai et retins mon guide par le bras.

— Il n'est pas fou, n'est-ce pas ? dis-je en lui indiquant du doigt l'étage supérieur.

— Le baron a dû vous en entretenir, répondit-il, embarrassé.

— C'est toi que j'interroge en ce moment. Parle.

Il baissa les yeux, visiblement ennuyé de ne pouvoir me satisfaire.

— Je n'ai rien à vous dire, miss Margaret, murmura-t-il. Vous allez le voir à l'instant.

Je n'insistai pas sur ce point, mais je lui demandai encore :

— Dis-moi, alors — cela te concerne personnellement, tu n'as plus de motif de te taire — cet homme t'est-il sympathique ?

Piercy hocha la tête négativement.

— Ce n'est pas un prisonnier bien intéressant. Il est très fier et sujet à de violentes colères qu'il fait la plupart du temps retomber sur moi. J'aime autant servir sir Evérard que lui. Quand le travail est bien fait, l'autre au moins me récompense ; celui-ci n'a jamais une parole de satisfaction à m'adresser... Vous ne serez pas longue à vous en apercevoir...

— C'est bien ! fis-je, soucieuse de la réception qui allait m'être faite. Continuons à monter.

Une minute après, j'étais en présence du fameux sir Roland qui m'avait tant intriguée jusque-là.

C'était un homme d'une trentaine d'années, blond et de taille moyenne. Il avait les cheveux un peu longs et, contrairement à ses compatriotes qui ont souvent le visage glabre, il portait la moustache.

Ces détails me sautèrent aux yeux, car je ne pouvais guère l'étudier davantage, l'appartement étant assez sombre et la position presque couchée qu'il occupait sur une chaise longue ne s'y prêtant pas.

Cependant sa pâleur extrême me frappa au point que je me demandais si ce n'était pas un cadavre que sir Evérard m'envoyait soigner.

A notre entrée, il n'eut pas un mouvement et ses yeux demeurèrent fermés.

Piercy s'avança vers lui pendant que je demeurais près de la porte, soudain intimidée.

— Mylord, fit-il d'un ton très respectueux, voici une personne qui vient vous soigner... peut-être l'accueillerez-vous plus favorablement que moi.

Le malade tourna faiblement la tête de mon côté et je reçus en plein visage le regard tranchant de ses yeux bleus.

En me reconnaissant, il rougit légèrement et je crus voir un pli de dédain creuser les coins de sa bouche. Puis comme si je ne valais pas la peine d'une plus longue attention, il reprit sa position première et, de nouveau, ses paupières se baissèrent.

Je ne m'attendais certainement pas à un bon accueil, mais je ne m'imaginais pas non plus qu'il dût être aussi froid.

Son attitude cravacha mon orgueil et, à l'instant, je voulus lui faire connaître les motifs qui m'amenaient devant lui.

— S'il n'avait dépendu que de moi, monsieur, lui dis-je en m'avançant vers lui, je ne vous aurais pas incommodé de ma personne. J'ai fait tout mon possible pour vous épargner cette désagréable surprise ; malheureusement, j'ai dû m'incliner devant une volonté supérieure à la mienne.

Je m'arrêtai, espérant qu'il m'encouragerait à continuer, mais il ne parut pas avoir entendu mes paroles. Sur ses lèvres, pourtant, je vis se dessiner le même pli ironique qu'un instant plus tôt.

— Vous ne me ferez pas un crime de cette obéissance forcée, je suppose ? repris-je d'une voix qui tremblait malgré moi. Pendant quelques jours, il va vous falloir me subir auprès de vous, mais je veux espérer que vous me faciliterez les soins que je suis prête à vous donner. En retour, je vous promets de vous importuner le moins possible. Tout en restant à votre disposition, je tâcherai de vous faire oublier ma présence.

J'attendis sa réponse, croyant bien que cette fois il allait parler ; mais il conserva son impassibilité et pas un muscle de son visage ne remua.

J'étais devenue très rouge, signe chez moi d'une violente émotion. Des larmes de dépit mouillaient mes cils.

Oh ! comme il devait me haïr et me mépriser, cet homme, pour me recevoir plus mal qu'un valet, puisque aux paroles de celui-ci il avait accordé quelque attention, alors qu'aux miennes...

Dépitée, le cœur gros, j'allai m'asseoir près d'une des petites baies ogivales qui tenaient lieu de fenêtres, et appuyant mon front brûlant contre la vitre, je me mis à regarder mélancoliquement le grand jardin solitaire.

CHAPITRE XVIII

Un lourd silence plana dans la chambre que, seul, le tic-tac d'une petite pendule, accrochée au mur, coupait d'une façon monotone.

A un moment, Piercy, qui se tenait accroupi sur le plancher, dans une encoignure, se leva et s'approcha de moi.

— Miss Margaret, il y a des médicaments sur la table... c'est le docteur qui les a prescrits, hier.

— Sans avoir visité le malade ? m'informai-je, parlant très bas, car il me semblait que ma voix résonnait trop fort dans le silence de la chambre.

— Pardon, miss ; il est venu ici... Il y est habitué, du reste ; chaque année, il examine le jeune maître.

— Il connaît son tempérament, alors ? Tant mieux ! Voyons ces médicaments...

Je me levai et me dirigeai vers la table sur laquelle quelques petites fioles à étiquettes rouges ou vertes étaient rangées. Je les examinai l'une après l'autre.

— Le pharmacien qui a préparé ces potions a négligé d'indiquer dans quelles proportions et de quelle façon elles devaient être employées, remarquai-je. Je ne puis prendre sur moi de les utiliser...

A moins que tu ne saches? ajoutai-je en me tournant vers Piercy.

— Je ne sais pas, me répondit-il placidement. Faites pour le mieux, miss ; le baron s'en rapporte à vous.

Je ne pus réprimer un mouvement de contrariété.

— C'est joli, cela ! Comment veut-on que je m'en tire ? Je n'ai jamais vu soigner un malade d'une aussi singulière manière. Des médicaments et pas d'instructions pour les administrer ! A savoir encore si, en écrivant son ordonnance, le docteur avait toute sa raison ?

— Je pense que oui, miss ; il sortait de table ! interrompit le valet d'un ton convaincu.

Et comme je faisais un geste de protestation, il ajouta en corollaire :

— Dame ! les bons mets ragaillardissent l'esprit. Je suis toujours plus loquace après un bon dîner, moi !

— Que Dieu nous préserve d'un médecin puisant sa science dans un verre de vin ! m'écriai-je. Cette idée m'écœure ! Enlève ces bouteilles, je n'en veux voir aucune ; je tâcherai de m'en passer...

Piercy s'empressa d'exécuter mes ordres. Mais quand je me vis seule avec mon malade qui reposait très blanc, sans regard et indifférent à tout, sur la chaise longue, toute la difficulté de ma tâche de nurse inexpérimentée m'apparut soudain.

Quoi faire ? Qu'entreprendre ? Par quels remèdes remplacer les potions suspectes ?...

Si sir Roland avait voulu me parler, seulement ! me dire de quels maux il souffrait, j'aurais peut-être pu, en m'aidant d'un traité de médecine, essayer quelque chose pour le soulager.

Mais rien !... Un corps sans âme à soigner, un ivrogne comme docteur, une brute stupide comme serviteur, voilà les seuls outils que j'avais à ma disposition et de la façon dont j'allais m'en servir dépendait probablement ma vie ! Car dans mes oreilles, les dernières paroles de sir Evérard bruissaient encore, menaçantes :

« Maggy, n'oubliez pas que vous devez réussir », m'avait-il dit d'un ton plein de sous-entendus effrayants.

Ah ! plût au Ciel que ce fût possible ! Je ne demandais pas mieux que de m'y employer. Je m'étais assez longtemps intéressée au sort du prisonnier quand je ne le connaissais pas pour, à présent qu'il était devant moi, presque agonisant, que je souhaitasse lui rendre la santé.

Oui, certes, malgré l'aversion qu'il ressentait pour moi et le dédain dont il m'enveloppait, nulle personne — à l'exception de sir Evérard qui avait des motifs particuliers pour cela — ne faisait des vœux plus ardents pour sa guérison que moi-même.

Longtemps, la tête dans mes mains, je me répétai ces choses, les remuant et les examinant l'une après l'autre avec l'espoir d'en faire jaillir un peu de lumière sur la marche à suivre pour doubler ce cap difficile : la guérison d'une maladie dont j'ignorais le premier mot...

Puis, de guerre lasse, fatiguée de chercher la solution de ce problème ardu, je m'en remis au hasard du soin d'arranger les événements ; et voulant secouer la mélancolie qui m'envahissait, j'arpentai lentement l'appartement.

C'était une petite pièce sombre, ne prenant jour que par trois baies ogivales, si étroites que le corps d'un jeune enfant n'y eût passé qu'avec peine. Les voussures du plafond étaient recouvertes de vieilles peintures allégoriques, rongées et écaillées par le temps. Aux murs, se voyaient un violon et quelques rayons supportant des livres. Dans un angle, un chevalet recouvert d'une étoffe verte dressait sa carcasse de chêne noir. Enfin, deux tabourets, une petite table, et la chaise longue sur laquelle reposait le prisonnier, terminaient ce modeste ameublement.

Il y avait à côté de cette pièce, une autre, plus petite encore, qui servait de chambre à coucher. On n'y voyait qu'un lit sans rideaux, un fauteuil et une toilette de fer peinte en jaune.

La petitesse de ces appartements me serra le cœur. D'un coup d'œil, j'en embrassais les quatre coins.

C'était dans ces deux misérables chambrettes que le malheureux prisonnier avait passé treize longues années, les années qu'on considère généralement comme les plus belles de l'existence !

O destinée ! que tes jeux sont bizarres ! A l'âge où tant de jeunes gens s'amusent et font la fête, quels tourments n'avait-il pas endurés !

Pauvre sir Roland ! Quelle étroite captivité que la sienne ; comme les murs de sa prison avaient dû peser lourdement sur son cœur !... Etre plein de force et de jeunesse et sentir des entraves à ses pieds ! Avoir des appétits de vie, des désirs de bonheur et ne pouvoir les satisfaire !...

Que faisait-il dans ces chambres d'où il ne sortait jamais ? Absolument seul — hormis Piercy qui lui apportait ses repas — à quoi pouvait-il passer son temps ?... A se taire et à se morfondre probablement ; ou à tourner et retourner sur lui-même, comme un lionceau en cage.

Que de fois ne s'était-il pas arrêté, pensif, devant les barreaux de fer de ses fenêtres et quelle rage impuissante avait dû le saisir de ne pouvoir les ébranler ? N'avait-il pas contemplé souvent d'un œil sinistre les ferrements, les vantaux et les épaisses membrures de l'énorme porte qui scellait son tombeau ? Ses ongles avaient dû s'user contre le bois sans réussir à l'entamer... Ne plus même avoir l'espoir de s'évader un jour !...

Et les heures avaient succédé aux heures, les jours aux jours, les années aux années, sans apporter aucun changement à sa situation... sans adoucir son impitoyable bourreau.

Ses joues s'étaient pâlies, son œil s'était creusé, un souffle d'immense désolation avait terni ses lèvres et chassé à jamais leur sourire.

Replié sur lui-même, cédant à l'accablement de son être brisé, il avait passé des journées entières dans un morne silence, regardant les yeux fermés les sombres horizons de sa vie douloureuse.

« Lamentables réminiscences de son enfance, heureuse sans doute, vous frôliez son front de la caresse de vos grandes ailes bleues qui étaient une torture pour lui. »

Seul, comme une lueur vacillante au milieu des ténèbres qui l'environnaient, le souvenir de sa mère avait dû lui être doux. Cet ange de bonté et de tendresse qu'il se rappelait avait été son phare lumineux. Du haut des cieux, elle lui souriait. Autour de lui, il la sentait, sa mère ! Tel un blanc fantôme, la nuit, elle lui apparaissait. Il l'appelait à grands cris ; il pleurait en lui tendant les bras... Et elle devait répondre à son appel : aurait-il vécu si elle ne l'avait protégé ?

« Oh ! que vous êtes à plaindre, sir Roland ! Vous êtes bien malheureux !

« Si, pour moi, vous êtes sombre et farouche, si vos lèvres refusent de répondre à ma voix, si vos jugements sont faux à mon égard, si votre cœur desséché se détourne de la main que je vous tends, de l'amitié que je vous offre, m'est-il possible de vous en accuser ?

« La vie ne vous a servi que des leçons désolantes ; votre âme s'est nourrie de fiel ; vous avez appris à mépriser et à haïr les hommes qui se sont montrés vos bourreaux ; l'humanité tout entière ne vous apparaît plus qu'à travers un voile d'iniquités et de tyrannie. Parmi tous ces corbeaux, pouviez-vous remarquer l'innocente colombe ? Sans me connaître, pouviez-vous me croire meilleure que les autres ?

« Mais je guérirai votre âme en même temps que votre corps, sir Roland. J'apporterai la lumière dans votre esprit et l'espoir dans votre cœur.

« Je vous obligerai à reconnaître qu'il n'y a pas seulement que des êtres inhumains et des tyrans sur la terre ; je forcerai vos lèvres à sourire de nouveau.

« Si votre tête depuis longtemps ne s'est pas appuyée sur l'oreiller divin qu'on nomme le cœur d'une mère, elle reposera dans les bras d'une sœur et je vous bercerai avec ces accents qui font descendre la paix du cœur dans les âmes désabusées... avec la voix de la vraie amitié !

« Et quand j'aurai ramené le calme dans votre sein agité, quand j'aurai accompli ce grand miracle de vous rendre à la vie et à l'espérance en même temps, eh bien ! nous serons deux pour braver sir Evérard ! Il regrettera de m'avoir amenée près de vous, de m'avoir contrainte à braver votre mépris ; car je vous le jure, sir Roland, dussé-je pour cela remuer ciel et terre, vous rentrerez dans l'existence active et libre d'où il vous avait enlevé. »

CHAPITRE XIX

Emportée sur un coursier fringant, ma pensée poursuivait son vol hardi et enchanteur, elle explorait des régions de rêve et de bonheur ; et du haut de ces cimes élevées, les difficultés de mon double rôle de nurse et d'ange consolateur m'apparaissaient infiniment petites.

Un léger mouvement de sir Roland brisa les ailes de mon beau songe et je retombai en face de la réalité brutale et matérielle ; une prison dépourvue de tout et un malade sur qui je me penchais, le visage inquiet.

Grand Dieu, qu'il était pâle ! Et ce cercle bleuâtre cernant ses yeux ; ses lèvres exsangues, décolorées ! ce souffle court, si faible qu'à peine on pouvait le distinguer ! Est-ce que, vraiment, il pouvait mourir, là, devant moi, faute de soins ?...

Une émotion violente me saisit à la gorge.

Il me sembla que le sort de cet homme était intimement lié au mien et que la destinée, en le plaçant sur mon chemin, n'avait pas agi par caprice.

J'avais deviné son existence sans que rien me l'eût révélée, et, plus tard, je n'avais plus eu de repos avant de le connaître.

Trois mois durant, il avait été ma préoccupation

unique ; puis, à la suite d'un incident futile, par orgueil blessé surtout, j'avais voulu fuir jusqu'à son souvenir...

Mais peut-on empêcher le vent de souffler et les événements de suivre leur cours !

Voici que maintenant, en dépit de ma volonté bien affirmée de ne plus m'occuper de rien qui le concernât, il était là, tout près de moi, et je me penchais sur lui, inquiète et le cœur angoissé...

Que signifiait donc cette pitié qui me prenait soudain ?

J'avais la gorge serrée comme si un carcan de fer eût entouré mon cou. Je ne me reconnaissais plus, moi si forte et si maîtresse de mes sentiments d'habitude, j'aurais voulu crier et pleurer librement sous la pointe aiguë d'une souffrance que je ne m'expliquais pas.

Comme il poussait un faible gémissement, une grosse larme, même, roula sur ma joue et vint tomber sur sa main diaphane.

A cette légère tiédeur, il tressaillit et ouvrit les yeux.

Brusquement, je me rejetai en arrière, voulant lui dérober mes pleurs.

Mais il les avait vus et il se souleva sur son coude. Ses yeux restèrent longtemps attachés sur les miens.

Il me semblait qu'il luttait contre divers sentiments ; puis, comme si l'effort qu'il avait dû faire pour se dresser eût épuisé ses forces, il retomba sur le coussin de soie qui lui servait d'oreiller, plus pâle encore que l'instant d'avant.

Alors, une audace me vint.

J'avais cru lire de la bienveillance dans son regard et je voulus en profiter pour le contraindre à m'adresser la parole.

Je me jetai à genoux et saisis sa main qui pendait.

— Sir Roland, m'écriai-je, je vous en supplie, ne me traitez pas en ennemie ! Sur tout ce que j'ai de plus cher au monde... sur la mémoire de ma mère, tenez ! je vous jure que je ne suis pas avec vos bourreaux ; je les déteste d'une haine égale à la vôtre !... Dites ! ne voulez-vous pas me dire que vous croyez à ma sincérité ?...

Je sentis sa main se crisper dans les miennes. Il ouvrit la bouche comme s'il allait parler. Déjà, dans ma poitrine, mon cœur bondissait de contentement. Cherchant un appui, ses yeux se refermèrent et sa tête roula sur son épaule.

Il était évanoui...

Je poussai un cri lamentable, car tout d'abord je le crus mort, et n'osant pas le toucher, je restai immobile, glacée d'effroi, les yeux dilatés par la stupeur.

Cependant, je me ressaisis peu à peu, et domptant ma sotte frayeur, je me relevai et me penchai sur lui, voulant m'assurer si vraiment son cœur ne battait plus.

Déboutonnant le gilet, ma main tâta la poitrine à travers la chemise de toile. Oh ! joie ! Sous mes doigts, de faibles coups, légers, à peine perceptibles, indiquaient que la vie n'avait pas quitté ce corps épuisé.

D'un bond, je fus sur la porte de chêne que j'ébranlai de toutes mes forces.

— A moi ! Piercy !... Vite ! de l'aide !

Quelques secondes passèrent qui me parurent des heures ; puis un pas lourd se fit entendre dans l'escalier, des clefs grincèrent, des verrous furent tirés, et Piercy entra, le visage tourmenté.

— Bon sang ! s'écria-t-il en me regardant avec

des yeux étonnés. J'ai cru que Satan vous était apparu ! Etes-vous blessée, miss Margaret ?

— Il ne s'agit pas de moi. Sir Roland vient de s'évanouir, il faut que tu m'aides à le mettre sur son lit.

— Je n'ai pas besoin de vous, miss, pour cela.

En même temps, il s'approchait du jeune homme et le prenant dans ses bras puissants, il le souleva.

— Il ne pèse guère lourd, allez ! continua-t-il. Mais, aussi, quelle idée de se faire de la bile comme il s'en fait. Et puis, voilà huit jours qu'il refuse de manger... pas étonnant qu'il soit si faible !

Doucement, avec des précautions qui m'étonnèrent chez cette brute, il le portait et le déposait sur son lit.

— Là, il est bien comme cela. Un peu de whisky va le ranimer, et s'il consentait ensuite à prendre un bol de bouillon, je crois que ça remplacerait avantageusement toutes les sales drogues que vous m'avez fait jeter.

— Oh ! oui, m'écriai-je, m'accrochant à cet espoir qu'il me donnait. Va chercher du bon lait, du vin, du bouillon, tout ce qui peut aider à le soutenir et à lui rendre des forces...

Il disparut, content de voir que j'accueillais si bien son idée, et en attendant son retour, comme je n'avais rien d'autre sous la main, je tamponnai les tempes du malade avec du vinaigre de toilette que je trouvai dans sa chambre.

CHAPITRE XX

Ici, j'arrête ma narration. Quelques fragments du journal que j'écrivis dans le vieux donjon de Malbackt, pour tromper l'ennui des longues journées passées au chevet de sir Roland, retraceront mieux au lecteur les événements qui vont suivre.

8 juillet.

Enfin, il repose maintenant, tout blanc sur ses oreillers, car Piercy l'a dévêtu et couché complètement.

Quelle angoisse m'a tenaillée durant ces deux mortelles heures, où, penchée sur lui, je guettais l'effet du whisky que, difficilement, j'avais réussi à introduire entre ses dents serrées ! Pâle, méconnaissable, d'une immobilité cadavérique, je craignais bien à un moment qu'il ne passât dans mes mains impuissantes.

Cependant, il est revenu lentement à lui, un peu de sang a coloré ses joues et son souffle s'est fait plus fort. Mais, à mesure qu'il sortait de son évanouissement, il grelottait de plus en plus.

A cette heure, il délire ; ses yeux tournent hagards dans leurs orbites ; je me penche sur lui, il ne me reconnaît pas.

— A boire !

Il a soif… cela fait la quatrième tasse de champagne coupé d'eau que je lui donne depuis tantôt. Je voudrais bien varier un peu, mais c'est très embarrassant…

Si je ne craignais pas que le lait ne soit trop lourd ?… Pourtant, le petit estomac des bébés s'en accommode bien… Oui, je lui en donnerai… Il me semble aussi qu'un peu de quinine ?… On m'en avait fait prendre au couvent de Saint-Brieuc quand j'avais été souffrante… Il doit y en avoir dans la pharmacie du château, je vais envoyer Piercy en chercher…

Que c'est donc difficile de soigner un malade quand on ne sait pas de quel mal il souffre !…

Même jour, soir.

La fièvre augmente…

Je me suis arrangée pour passer la nuit auprès de lui. Une couverture — car quoique nous soyons en été, les nuits sont fraîches — et un fauteuil me suffiront.

J'étais si inquiète à midi que j'en avais oublié de déjeuner ; aussi, ce soir, j'ai fait honneur au pâté de volaille et au filet d'oie de Solan que Piercy m'a servis ici.

J'ai exigé que ce valet ne quittât pas le donjon, cette nuit ; il couchera sur une botte de paille, dans le petit recoin, au bas de l'escalier. De cette façon, si j'ai besoin de lui, je saurai où le trouver.

9 juillet.

Je crois que c'est un grand bien, que sir Roland n'ait pas sa connaissance, il boit tout ce que je lui présente et Piercy affirme que s'il comprenait, il ne voudrait rien prendre.

Depuis huit jours, il n'avait absorbé ni un gramme de nourriture, ni un dé à coudre de liquide… Refusait-il de manger parce qu'il était malade, ou bien était-il malade parce qu'il ne mangeait pas ?

Cette question me tracasse l'esprit.

Décidément, ma conviction s'affirme de plus en plus ; c'est très heureux que le délire l'ait pris…

10 juillet.

Evérard Dunbuy est venu voir son neveu ; mais avant de consentir à entrer dans sa chambre, il a fallu que je l'assurasse, plusieurs fois, que le jeune homme ne le reconnaîtrait pas.

Si j'ai un peu insisté pour qu'il fît cette visite, c'était beaucoup par curiosité ; je voulais voir quelle serait son attitude en présence de sir Roland malade et épuisé.

Eh bien ! ça n'a pas été précisément banal !

Ce parent éploré a paru se repaître des maux du malheureux, plutôt que de s'en affliger. Ses yeux flamboyaient comme des torches et un rictus mauvais plissait sa bouche.

Je ne puis plus douter à présent de sa haine pour le malade ; seulement, ce que je ne comprends pas encore, c'est pourquoi il tient tant à ce que celui-ci vive. Est-ce par un raffinement de cruauté ? Ne trouve-t-il pas l'avoir assez tourmenté et lui réserve-t-il encore d'autres souffrances ?… Ou bien ne serait-ce pas une question d'intérêt qui le forcerait à agir ainsi ?…

Peut-être. Mais, alors, je ne comprends plus…

Je ne suis pas très ferrée sur la façon dont

s'établissent les successions en Angleterre. Chez nous, à défaut de plus proches parents, un oncle hériterait de son neveu et aurait tout bénéfice à le voir mort…

Que c'est donc écœurant, ces questions d'argent et d'héritage !

Cette phrase de la lettre de sir Roland : « Le joli son que rend l'argent des autres, quand on peut en disposer librement et qu'on est sûr de l'impunité… » me revient avec insistance. Là est le nœud de l'énigme, probablement.

Oh ! vil métal, quelle puissance fascinatrice exerces-tu sur les humains et que de crimes ont été commis en ton nom !…

Minuit…

Mon Dieu ! pourrai-je continuer, seule, cette longue veille ?

Le malade est effrayant ! Il se débat comme si dix mille démons menaçaient sa poitrine. Il fait des bonds désordonnés sur son lit, ses yeux sont hagards, sa bouche se tord, et si j'essaye de le calmer, il me repousse avec horreur.

Des mots sans suite s'échappent de ses lèvres contractées : « Là, ne le voyez-vous pas ? Il la menace !… Oh ! le poison qui la tue, qui la brûle, qui la dévore. Grâce ! arrêtez ! N'entendez-vous point ses cris ? Il rit ! Oh ! le misérable ! je vous arracherai le cœur avec des tenailles rougies ; je vous écraserai la tête contre les murs et j'attacherai votre corps à une branche d'arbre afin qu'il serve d'épouvantail aux oiseaux… Je la vengerai, oh ! oui ! Vous souffrirez les mêmes tortures qu'elle aura endurées. »

Il paraît brisé, il parle plus sourdement : « C'est

fini !... Seul !... Seul aujourd'hui, seul demain, seul toujours !... Oh ! de grâce, par pitié ! retirez-moi la vie, c'est horrible de me martyriser ainsi !... »

Il pleure maintenant !

C'est affreux de ne pouvoir rien faire pour adoucir son mal.

Il me semble que si je pouvais le prendre dans mes bras, appuyer sa tête sur mon épaule et lui murmurer des mots d'espoir et de consolation, il serait plus calme. Mais je n'ose pas m'avancer. Quand il me voit, son délire paraît redoubler ; il m'a appelée tout à l'heure : « Assassin », et ses bras cherchaient à me saisir comme pour me broyer.

Ah ! voilà que brusquement il interrompt ses lamentations... il lève les yeux... il me regarde... Mon Dieu ! j'ai peur !

Sa figure se décompose, il y a de la fureur et de l'épouvante sur son visage ; ses prunelles sont dilatées...

Est-ce qu'il va bondir du lit pour me saisir ?... Pour me tuer peut-être ?...

Je voudrais sortir de cette chambre et aller m'enfermer dans l'autre ; mais, pour le faire, il me faudrait passer devant son lit et cela n'est pas possible ; l'espace est si restreint qu'il pourrait me saisir en étendant le bras.

Je tremble.

De terreur, mes dents s'entrechoquent ! Le voilà qui se dresse, il rejette les couvertures !... Un nuage passe devant mes yeux.

11 juillet.

Que s'est-il passé cette nuit ?

J'ai dû être le jouet de mon imagination. Mon

esprit fatigué par deux jours et deux nuits de veille aura eu une hallucination.

Tout ce dont je suis certaine c'est que j'ai dormi et, quand je me suis réveillée, le jour commençait à poindre. J'étais étendue sur la chaise longue, dans la chambre voisine de celle de sir Roland, ma couverture de laine grise bien entourée autour du corps.

En m'éveillant, j'ai regardé autour de moi avec surprise, car je ne me souvenais pas m'être couchée hier soir. Puis, je me suis frotté les yeux pour m'assurer que je ne rêvais pas, et ce point établi, j'ai pris ma tête dans mes mains, en me demandant si je n'étais pas folle.

Et, vraiment, il y avait de quoi le devenir.

La scène de la nuit était présente à ma mémoire ; je revoyais les moindres phases de ma frayeur grandissante ; je croyais encore sentir le regard diabolique de sir Roland fixé sur moi ; mais, ensuite, je ne me souvenais plus de rien... M'étais-je évanouie ? Quelqu'un était-il alors accouru à mon secours ?... Qui, dans ce cas ? Sir Roland ?

Cette supposition était absurde. Il était bien trop faible...

Tout de suite, j'ai voulu le voir et je suis entrée dans sa chambre.

Il dormait assez calme, mais la figure affreusement défaite.

Son lit était en désordre, les couvertures étaient pêle-mêle et un des oreillers avait glissé sur le tapis.

Dans le fond de la chambre, la chaise sur laquelle je m'étais assise la veille était encore devant la petite table sur laquelle mon cahier était resté ouvert.

Mon porte-plume, tombé plein d'encre sur la page blanche, y avait fait une tache noire. Il est probable que mes doigts l'ont laissé échapper quand je me suis endormie.

Allons, j'ai rêvé, c'est sûr ! C'est bête comme tout, ces frayeurs-là...

Ce qui m'étonne le plus, c'est que j'aie pu écrire en dormant toutes les impressions ressenties dans mon cauchemar, et qu'à mon réveil elles soient aussi fidèles à ma mémoire que si je les avais vraiment vécues.

Je n'ai pu m'empêcher d'interroger Piercy.

— Tu n'es pas entré cette nuit, ici ?

— Non, miss.

— Et tu n'as pas entendu quelque bruit insolite ?

— Je ne me souviens pas... j'ai le sommeil dur.

Donc, ce n'est pas cet homme qui m'a portée sur la chaise longue, comme un moment je l'ai supposé... Je m'y serai rendue seule, à moitié endormie, et voilà pourquoi je ne m'en souviens pas.

Quant aux paroles que, dans mon journal, j'attribue à sir Roland, les a-t-il vraiment prononcées ou ne les ai-je entendues que dans ma tête ? Peut-être sont-elles, comme le reste, un effet de mon esprit surexcité par la fatigue.

6 heures du soir.

Sir Roland a été encore plus faible aujourd'hui. C'est avec beaucoup de mal que j'ai réussi à lui faire prendre un peu de tisane.

Piercy, qui m'aide à le soigner, me disait tantôt à ce sujet :

— On dirait qu'il a les membres brisés... comme s'il avait eu une crise de nerfs ou une violente colère.

J'ai pâli malgré moi à ces mots qui évoquaient la

scène épouvantable à laquelle j'avais assisté, en rêve ou en réalité la nuit dernière.

— La fièvre produit cet abattement, je crois, ai-je répondu.

Puis, comme une question me lancinait, je la lui ai posée :

— Dis-moi, toi qui le connais, est-il sujet à des hallucinations ou à des accès de somnambulisme ?

— Non, miss. Si cette nuit il vous a paru étrange, car c'est probablement pour cela que vous me questionnez, c'est parce qu'il est malade... J'ai soigné bien des gens autrefois, j'en ai vu qui, dans leur délire, étaient effrayants, alors que d'autres ne prononçaient que des mots ou des gémissements sans suite. Pour revenir au jeune maître, comme je vous l'ai dit l'autre jour, il a des colères terribles... surtout quand il a vu le baron.

— Justement, celui-ci est venu le voir hier !

— Oui, mais il ne l'a pas reconnu.

— Sur le moment, mais qui sait si après...

Je n'ai pas achevé.

Décidément, je ne suis pas encore bien certaine d'avoir rêvé...

9 heures du soir.

Il est très calme, ce soir, quoique la température de son corps soit aussi élevée qu'hier.

J'étais angoissée en commençant ma veillée et j'ai demandé à Piercy de monter sa botte de paille sur le carré du premier étage. Le sachant tout près de moi, je serai plus rassurée si sir Roland est repris de délire violent. Mais je ne le crois pas, il repose bien sagement.

12 juillet au soir.

Je lui ai fait boire, tout à l'heure, une tasse de tisane. Pour cela, je l'avais soulevé un peu et sa tête reposait sur le haut de mon bras. Il a bu à petites gorgées, puis il a fixé sur moi ses grands yeux bleus, aux regards indécis et vagues, qui flottent sur les objets sans les reconnaître.

— Maman ! a-t-il dit par trois fois.

Sa voix était douce, mélancolique ; elle m'a remuée profondément...

Chez toute femme, un cœur de mère se cache. Une pitié maternelle m'a saisie pour ce malheureux jeune homme, pour ce grand enfant qui, depuis treize ans, n'a pas connu une parole de tendresse.

Des larmes ont mouillé mes cils, j'ai resserré mon bras autour de ses épaules et sur son front moite, j'ai posé mes lèvres.

Sous ce chaste baiser de mère, de sœur, il a tressailli ; son visage s'est transfiguré, il m'a souri divinement heureux.

— Maman ! a-t-il répété d'une voix de rêve.

« Oh ! que ne la suis-je réellement, ta mère ! ai-je pensé. Je te ferais un rempart de mon corps et les coups de tes bourreaux n'arriveraient pas jusqu'à toi... »

Et tout haut :

— Dors, pauvre enfant. Repose en paix. Je veille sur toi.

Il m'écoutait surpris, cherchant à comprendre, à ressaisir son idée qui lui échappait.

Puis fatigué de cet effort, il a fermé les yeux et s'est endormi d'un sommeil tranquille.

Maintenant, je vais rouler mon fauteuil tout à côté de son lit afin de l'entendre s'il se réveillait et je vais essayer de sommeiller un peu.

13 juillet.

Son état reste stationnaire. La même fièvre le dévore. Il ne me reconnaît toujours pas.

Evérard Dunbuy s'est informé de sa santé ce matin. Il semble très tourmenté de voir que le mieux ne se fait pas sentir.

— Changez-le de logement, lui ai-je dit. Mettez-le dans une grande chambre, bien claire, bien aérée, où le soleil entrerait à flots par de larges fenêtres, appelez un bon médecin à son chevet et vous verrez qu'il reviendra à la vie.

Il a hoché la tête.

— Ce que vous me demandez est impossible, a-t-il dit. Je ne puis pas.

— Qu'est-ce qui vous en empêche ?

— L'engagement que j'ai pris vis-à-vis des médecins aliénistes.

Je n'ai pas répondu et je suis partie, car je crois que je n'aurais pu lui cacher plus longtemps le mépris et le dégoût qu'il m'inspire.

La conduite de cet homme est atroce.

15 juillet.

J'ai demandé à Piercy de me cueillir quelques roses dans le jardin et je les ai mises dans un vase sur la toilette. Leur subtil parfum chasse l'odeur âcre répandue dans la chambre.

Le soleil, filtrant à travers les petits rideaux blancs d'une fenêtre, vient se jouer sur les délicats pétales couleur de chair. C'est un peu de printemps, c'est un coin de ciel bleu qui illumine la misérable cellule où un homme va peut-être mourir !...

16 juillet.

Voici huit jours que je suis auprès de lui, à le soigner, et il me semble qu'il y a un siècle, tant je l'ai vu souffrir, tant il est devenu méconnaissable. Il n'est plus que l'ombre de son ombre.

Va-t-il s'éteindre ainsi, tout doucement, ou la fièvre le quittera-t-elle avant de l'avoir complètement épuisé ?

J'ai fait tout ce que j'ai pu pour diminuer son mal et pour le soutenir, mais je vois bien que cela ne suffit pas. Il lui aurait fallu des soins intelligents, de bons remèdes, et je suis incapable de les lui procurer !

Je ne dors plus, non pas qu'il soit dur à veiller, mais parce que l'inquiétude me ronge... Je me suis attachée à lui avec une vivacité extraordinaire ; maintenant, il occupe toutes mes pensées ; je rapporte à lui toutes mes actions ; si le sacrifice de ma vie pouvait sauver la sienne je le ferais volontiers.

J'ai entendu dire que, souvent, des gardes-malades s'attachent ainsi aux malheureux qu'elles soignent. Certains médecins risquent leur vie pour sauver celle de leurs clients. Il n'y a donc rien qui doive surprendre dans l'intérêt que je marque à sir Roland.

Piercy, qui voit mes transes avec tristesse, essaye de me donner du courage. Il prétend qu'une fièvre dure treize jours, et qu'après ce délai, tout danger est passé.

Je souhaite qu'il dise vrai. Il n'y aurait plus, dans ce cas, que cinq jours à attendre... seulement, pourra-t-il vivre cinq jours dans un tel état de faiblesse ?

17 juillet.

Toujours la même chose...

Piercy m'a suppliée de prendre un peu de repos ce matin.

C'est étrange, je déteste cet homme parce qu'il est laid, que sa personne indique la brute finie, et surtout, parce qu'il est le geôlier de sir Roland.

Malgré moi, pourtant, je ne puis faire autrement que d'être touchée de son dévouement. Il pleurait tantôt, parce que je refusais de déjeuner.

Comment la fleur de la reconnaissance, si rare aujourd'hui en ce monde, peut-elle pousser dans une âme si noire ?

18 juillet.

Tantôt, j'ai voulu savoir quels volumes étaient rangés sur les rayons de chêne de la première chambre... Je désire tant connaître tout ce qui concerne mon mystérieux malade !

Je les ai examinés un à un.

La plupart étaient des traités anglais de science ou de philosophie ; il y en avait quelques-uns écrits en français et deux ou trois en allemand. Ainsi donc, sir Roland connaît ou a connu ces deux dernières langues.

Cela m'a fait plaisir de savoir que si je lui parlais en français, il me comprendrait.

Comme je remettais à leur place les derniers volumes, j'ai remarqué un petit buvard de maroquin écrasé.

La curiosité me l'a fait ouvrir.

Il ne contenait que quelques feuilles de papier griffonnées au crayon. C'étaient des commentaires sur différents auteurs et des analyses de livres...

choses peu intéressantes pour moi. Cependant, une petite note écrite à l'encre, au haut d'une page blanche, attira et retint longtemps mon attention.
La voici exactement :

« Elle a lu et relu ma lettre, puis elle a pleuré. J'ai donc fait pleurer quelqu'un, moi aussi ! Je suis heureux de ce résultat ; je voudrais voir l'humanité entière souffrir et se lamenter... Pourtant, ma joie n'est pas sans mélange... J'aurais préféré ne point l'avoir vue et ne pas avoir connu le bonheur de faire couler ses larmes... Oh ! si je pouvais arracher ce souvenir qui m'irrite ! Et toutes ces autres choses dont la mémoire m'est aussi une torture... Ne plus avoir l'ombre d'une pensée ; annihiler tout en moi, le passé, le présent et l'avenir !... Mais pourquoi ne pas chercher ce résultat dans la mort ? C'est donc si difficile de se laisser mourir de faim ?... »

Sir Roland a dû écrire ces lignes, l'autre jour, après m'avoir vue sur le bord du *glen,* au pied de la tourelle, car vraisemblablement, c'est à moi qu'elles font allusion.

Je vois par elles qu'il n'a pas de haine particulière contre moi ; il m'englobe dans son aversion de tout ce qui vit et respire. Il est heureux de m'avoir fait pleurer, mais ce souvenir l'irrite...

Allons, sir Roland, votre cœur n'cst pas encore aussi indifférent aux bons sentiments que vous l'affichez ! Dans un des recoins cachés de votre âme, la pitié répand une pâle et vacillante lueur... J'essaierai de la ranimer et je vous forcerai à reconnaître qu'on ne doit pas outrager dans sa pensée les trésors d'innocence et de téméraire dévouement que renferme l'âme d'un être jeune.

La vérité vous apparaîtra. Avec la croyance généreuse, elle vous enseignera aussi que le suicide est une lâcheté, une folie et une insulte à la Divinité.

Comme une étoile, l'espoir brille dans les profondeurs de la nuit. C'est le lumignon céleste déposé par Dieu dans nos âmes pour les éclairer et les rendre fortes. Si un vent d'orage nous en ternit momentanément l'éclat, n'est-ce pas une suprême aberration que de le croire à jamais éteint ?

J'ai fermé le buvard et l'ai remis en place ; seulement j'ai conservé la feuille de papier qui est allée rejoindre, sur ma poitrine, certaine lettre qui m'avait fait pleurer...

19 juillet.

Rien de nouveau dans son état.

J'attends toujours un peu de mieux et je n'ai même pas la consolation de me dire que la maladie suit un cours normal, puisque j'ignore par quelles phases elle devrait passer.

Je m'éloigne le moins possible de son lit, j'ai cru m'apercevoir qu'il ne se plaint pas quand je suis auprès de lui. Je passe ainsi des heures entières immobile, tenant sa main entre les miennes. Parfois, mon bras enserre ses épaules et sa tête brûlante repose contre la mienne.

Durant ces longs silences, que de pensées agitent mon cerveau ! J'en sors chaque fois le cœur plus aigri encore contre Evérard Dunbuy.

Soir.

Vers quelles visions étranges, ma folle imagination m'emporte-t-elle, par moments ?

Tantôt, je rêvais que c'était moi qui étais prisonnière et malade. Lui, au contraire, jeune, beau, vaillant, apparaissait comme un Prince charmant et venait me délivrer de ma longue immobilité.

Pourquoi faut-il que la réalité soit si différente du songe, puisque je ne puis rien pour lui ?

20 juillet.

Si Piercy ne s'est pas trompé, c'est demain que la fièvre doit diminuer d'intensité. Que le Ciel nous vienne en aide en cette circonstance ! Je l'invoque avec ferveur.

21 juillet, matin.

Est-ce un effet de mon imagination ? On croit si facilement ce que l'on souhaite voir se réaliser ! Il me semble que le hasard veut donner raison à Piercy... Mais j'ai tremblé si longtemps que je n'ose accueillir franchement cet espoir. Si j'allais me tromper et me réjouir trop tôt !

Midi.

Eh bien ! non ! Ce n'est pas une illusion ! La température tend à baisser ; le pouls bat moins faiblement et les sueurs ne sont pas aussi abondantes.

Soyez bénie, sainte Mère de Dieu, pour ces heureux changements !

Soir.

Joie ! Il dort paisiblement et je ne me lasse pas de le regarder dormir...

On dirait qu'avec l'espoir de sa guérison, je sens une nouvelle vie s'éveiller en moi...

23 juillet.

O esprits célestes ! pourquoi volez-vous autour de moi, enveloppés de longues ailes blanches ? Que signifient vos chansons qui remplissent mes oreilles de joyeux bourdonnements ? Quelles visions magiques faites-vous luire à mes yeux ravis ? Quel grain de folie avez-vous déposé au fond de mon sein pour me transformer, moi si grave, en une pétulante fillette pour qui la vie est une fête perpétuelle ?

Je crois voir le ciel se pencher tout entier sur moi en souriant ! J'entends une voix divine qui me murmure : « Il vit ! réjouis-toi ! » Et je me berce de ses accents ; une ivresse fait tourner ma tête ; mes lèvres répètent à satiété les mots radieux :

— Il vit ! Je me réjouis !...

Soir.

Il s'est endormi, ce soir, la tête nichée au creux de mon épaule, tel un petit enfant blotti dans les bras de sa mère.

De quelles singulières sensations étais-je secouée quand sa joue fiévreuse frôlait mon cou comme une brûlure ?

Perdue dans une songerie très douce, je suis restée longtemps ankylosée, n'osant bouger, pour ne pas troubler son sommeil.

Moments très doux...

25 juillet.

Il repose, pâle et faible, dans son lit, mais tout danger semble avoir complètement disparu.

Ses yeux bleus, agrandis par l'amaigrissement des joues, se posent indécis, indifférents, sans regard, sur tous les objets qui l'entourent ; sa pensée flotte, perdue dans le vague comme dans une torpeur ; les sensations n'arrivent pas encore jusqu'à son cerveau engourdi ; il ne se souvient de rien et ne me reconnaît pas...

Que ne peut-il rester longtemps dans cette douce quiétude ? Avec le réveil de son esprit reviendront les douloureux souvenirs du passé et les affolantes visions de l'avenir.

Ce retour à la vie sera, en même temps, un retour à la souffrance... Et contre cela, je serai impuissante !

Ne m'en voudra-t-il pas de l'avoir soigné et guéri ?

— Quel besoin avais-tu de me rendre à l'existence ? me dira-t-il peut-être. Pendant huit jours, j'avais souffert les tortures de la faim sans sourciller ; encore un effort et j'allais disparaître, entrer dans un monde meilleur ; là-haut où on ne connaît ni tyrans frénétiques, ni esclaves avilis, où l'or maudit n'exerce aucune puissance...

« Pourquoi donc as-tu rivé, de nouveau, à mes pieds, la chaîne qui m'attachait à l'existence ? Si vraiment la charité et la pitié, que tu invoques pour excuser tes soins, étaient sincères, n'était-ce pas dans le sens contraire que tu devais les exercer ? N'aurait-ce pas été plus humain de trancher le fil de mes jours que de le consolider ?... »

Et s'il me tenait ce langage, il me semble que ma langue glacée ne trouverait rien à répondre.

O papillons noirs, génies de la nuit et du découragement, pourquoi me cachez-vous de vos voiles sombres les éblouissantes visions de l'autre jour ?

26 juillet.

La pensée habite-t-elle à nouveau son esprit ? Il se tait, ne pousse plus aucun gémissement et ses regards sont moins hésitants. Il semble chercher à comprendre et à se souvenir... Déjà !...

Je redoute le moment où la mémoire et la raison lui reviendront... Est-ce qu'il consentira à ce que je lui continue mes soins ou ne me chassera-t-il pas de sa chambre ?

Il me vient des idées démoralisantes et dévastatrices...

Mon pauvre orgueil, comme d'avance, tu as peur de souffrir !...

27 juillet, minuit.

Je me suis endormie, ce soir, en le veillant... A mon grand dépit, cela m'arrive très souvent.

Quand je me suis réveillée, sir Roland ne dormait pas ; son coude sur l'oreiller, son menton dans sa main, il m'examinait, immobile.

Mon sang a afflué brusquement à mon cœur et je suis devenue très pâle, m'a-t-il semblé.

— Vous avez soif ? ai-je balbutié, étrangement troublée de la fixité de ses prunelles ardentes.

Et je me suis levée pour aller chercher de la tisane dans l'autre chambre.

Quand je suis revenue, il avait quitté sa position et il paraissait dormir.

— Buvez ! fis-je très bas en lui touchant légèrement l'épaule.

Il se souleva faiblement et je dus le soutenir de mon bras, comme je le fais habituellement. J'étais gênée. Sotte timidité que j'aurais voulu et que je ne pouvais pas surmonter tant je craignais le regard de ses grands yeux, qui pénètre dans les miens comme une vrille acérée.

Ma main tremblait en lui présentant la tasse, et quoiqu'il n'en laissât rien paraître, je suis certaine qu'il s'en est aperçu.

Il a hésité d'abord, puis il a avalé d'un trait tout le breuvage tiède et sucré. Après quoi, il est retombé lourdement sur ses oreillers et j'ai dû lui ouvrir les doigts pour reprendre la tasse qu'il avait conservée dans ses mains.

Cette opération m'a coûté un effort énorme. Tout le temps que mes doigts ont été en contact avec les siens, mon souffle s'est arrêté, mon cœur a cessé de battre dans ma poitrine et mes yeux sont restés attachés sur ses paupières closes avec la crainte de les voir s'ouvrir.

Absurde frayeur, sotte pusillanimité ! De quoi avais-je peur et d'où venait mon émotion ?

Est-ce que ma conscience me reproche quelque chose à l'égard de sir Roland ?... Non ! Eh bien ! alors ?...

28 juillet.

Il n'a rien dit qui puisse me faire croire qu'il comprend et reconnaît ce qui l'entoure, mais j'en suis sûre !...

En apparence, il vit d'une vie absolument végétative ; il ne paraît s'intéresser à rien, et les choses et les gens ont l'air de le laisser indifférent. Mais ce n'est qu'un masque ; il voit, il écoute, il entend tout ce qui se dit et se fait dans la chambre. C'est ainsi qu'il ne veut pas remarquer ma présence ; il évite de me regarder ; mais, plusieurs fois, j'ai surpris ses yeux fixés sur moi à la dérobée.

Que ne puis-je connaître les pensées qui lui viennent alors !...

29 juillet.

Une garde-malade doit-elle avoir en tête autre chose que le souci de soigner celui qui est confié à ses soins ?... Non, sans doute !... Qu'est-ce donc que ce trouble étrange qui me torture, maintenant, en *sa* présence ?...

J'ai hâte de le voir rétabli pour pouvoir le fuir et ne plus lui imposer ma peu agréable personne...

Oh ! sir Roland ! quand par votre fenêtre vous m'avez jeté certaine lettre de sarcasmes, vous doutiez-vous qu'elle se dresserait un jour entre vous et moi pour me gêner si fort ?

30 juillet.

Je ne me reconnais plus.

Quand sir Roland n'avait pas sa connaissance, je le soignais avec tendresse et avec dévouement, comme une mère l'aurait fait avec son enfant chéri ou une sœur avec son frère préféré. En lui présentant ses tisanes, j'avais des mots très doux pour les lui faire absorber ; je me plaisais à l'endormir dans mes bras, à border ses couvertures, à arranger, sur son front, une boucle de sa chevelure.

Maintenant, tout est fini. Je ne m'approche de son lit que quand c'est absolument indispensable, et encore, ce n'est qu'en tremblant. Je garde le silence. Je n'ose le regarder. J'évite de le toucher...

J'ai conscience que je suis complètement ridicule ainsi. Il doit me trouver bête !...

31 juillet.

Non, ce n'est plus moi !

Une autre Marguerite est née... une Marguerite inconnue, fantasque !...

1er août.

J'ai vu ma nourrice aujourd'hui.

Elle avait des larmes dans les yeux en m'embrassant.

Pauvre femme ! Elle dit s'être beaucoup ennuyée, depuis un mois que je suis éloignée d'elle.

Sir Evérard, en lui annonçant qu'elle serait quelque temps sans me voir, lui avait parlé d'un long travail d'écritures à mettre au point.

— Songez donc combien j'étais inquiète ! m'expliquait-elle. Je ne pouvais me fier à ce qu'il me disait, d'autant plus que vous ne m'aviez jamais entretenue de ce travail. Je n'ai été à peu près rassurée que lorsque Piercy, deux ou trois jours après votre disparition, m'a remis votre petit billet.

Et, passant à un autre sujet, elle m'a fait des compliments sur ma mine.

— On dirait que vous avez vieilli subitement et que votre physionomie, sous une influence quelconque, s'est affinée, m'a-t-elle dit. Vous ne rappelez que de loin la pétulante et joyeuse Marguerite... Vous êtes plus femme, en un mot, si je puis m'exprimer ainsi.

J'ai souri.

— Bah ! si changée que cela ! Je parais vieille, alors, maintenant ?

— Oh ! doux Jésus ! Je n'ai pas dit une telle chose. Je constate seulement que vous êtes plus grave et plus ravissante qu'auparavant... Vous êtes plus coquette aussi ; vous étiez toujours habillée à la diable !

Je suis devenue très rouge à cette remarque, car il est vrai que, depuis quelques jours, je soigne davantage ma toilette... peut-être parce que je ne veux pas que sir Roland se moque de ma tenue, ce qu'il ne manquerait pas de faire, à part lui, si elle était négligée...

2 août.

Quand, après avoir laissé ma nourrice, hier, je suis revenue au donjon, j'ai trouvé Piercy assis sur une des marches de l'escalier, achevant de manger sa soupe au mouton.

— Le jeune maître s'est informé de vous, miss Margaret, m'a-t-il dit de son ton indolent.

— Il t'a parlé de moi ! En es-tu sûr ? ai-je balbutié, surprise, en m'arrêtant de monter.

— Oui, tantôt, il m'a dit :

« — Eh bien ! valet du diable, ton bon ange en a assez de me soigner, à ce qu'il paraît. N'est-il pas retourné aux enfers rejoindre Evérard Dunbuy ?

« — Ce n'est pas bien, Mylord, ai-je répondu, de parler si légèrement de miss Margaret. C'est une sainte ! Elle vous a soigné avec un dévouement de sœur de charité, ne prenant qu'une heure ou deux de repos chaque jour. La nuit, elle ne vous quittait pas et, quand vous étiez très malade, elle se tourmentait au point de ne plus manger.

— Qu'avais-tu besoin de raconter cela ? interrompis-je. Il va croire que je t'ai fait la leçon.

— Qu'est-ce que ça peut vous faire, miss Margaret, qu'il le croie ? répondit-il placidement. Il voit le mal partout, d'ailleurs !

J'allais protester, mais je me suis arrêtée à temps.

Ce valet avait raison : qu'est-ce que ça pouvait me faire, en effet, que sir Roland m'attribuât des sentiments qui ne sont pas les miens ?... Le malheur, c'est qu'au fond, ça ne m'est pas égal du tout !

— Ton jeune maître a-t-il dit quelque chose à la suite de tes réflexions ? demandai-je à Piercy après une minute de silence.

— Rien. Ce n'est qu'au bout d'un moment qu'il m'a demandé de nouveau :

« — Va-t-elle revenir ?

« — Tout à l'heure, Mylord. Elle est allée voir sa nourrice. Depuis un mois, elle n'a pas quitté cette chambre

« — Qui la retenait ici ?

« — Personne... c'est-à-dire si, vous, qui étiez malade ; sans cela, elle était libre.

« Et c'est tout, il n'a plus parlé.

— Il dort maintenant ?

— Je crois que oui.

— Je vais voir, fis-je en reprenant mon ascension.

Et sur la pointe des pieds, dans la crainte de le réveiller, je suis entrée dans sa chambre. Il dormait ou faisait semblant de dormir, car il avait les yeux fermés.

3 août.

On ne dirait jamais qu'il y a deux personnes qui vivent, qui pensent, qui souffrent dans ces deux étroites chambrettes.

Un silence de mort les habite. Le malade ne parle jamais, et moi, la poitrine oppressée, l'âme pleine d'une indicible mélancolie, je me tiens dans la première pièce, assise sur un tabouret, près d'une fenêtre, immobile des heures entières, en contemplation avec mes pensées.

Oh ! les tristes compagnes ! Leur physionomie est dure, sèche et méprisante, elles me murmurent des paroles de désespoir à l'oreille ; elles raillent l'amitié, le dévouement, la reconnaissance comme une chose naturelle et leur antipathie comme un sentiment irréductible ; elles affirment que, quoi qu'en ait dit Gœthe, l'amitié ne s'est jamais transformée en amour et la haine en affection.

Décourageants préceptes que je voudrais réfuter et que j'accueille pourtant ; je me bouche les oreilles pour ne pas les entendre ; je ferme les yeux pour ne pas les voir ; mais dans mon cerveau, ils continuent d'agiter leurs affolants grelots.

Soir.

Ciel ! combien j'ai été aveugle jusqu'ici.

Comment n'avais-je pas deviné plus tôt ?...

Mon trouble, quand mes regards rencontraient les siens, ou que ma main le frôlait ; mes longs silences, mes envies de pleurer, mes gaietés subites, ma crainte de me trouver en tête à tête avec lui, le désespoir et la torture de mon âme quand il était en danger de mort, est-ce que tout cela n'aurait pas dû m'éclairer ?

Non, ce n'est pas une lettre écrite dans un accès d'humeur qu'il y a entre sir Roland et moi ! C'est autre chose de plus subtil... Et pour que je m'en rende compte, il a fallu les larmes de sir Roland. Car il a pleuré cette nuit, le malheureux.

Il devait me croire endormie, mais je veillais, l'esprit perdu dans le vague d'une rêverie...

Soudain, dans le silence de la nuit, un faible soupir d'abord, puis d'autres plus forts, puis de lourds sanglots, me firent dresser, pâlie d'angoisse.

D'un bond, je fus vers le lit tout blanc.

— Vous souffrez, sir Roland ?

Le jet brusque de la lumière que je dirigeais vers lui, lui fit tourner la tête et il enfouit son visage humide dans l'oreiller tout blanc pour me dérober ses larmes.

— Vous souffrez, répétai-je avec désolation.

Ayant posé le bougeoir d'argent sur le fer de la toilette, je revins me pencher sur son lit.

— Qu'avez-vous ?... Oh ! je vous en supplie, ne pleurez pas ainsi !

Le cœur étrangement contracté, oubliant ma réserve habituelle, ne voyant plus que lui seul qui pleurait, qui souffrait devant moi, j'essayai de l'attirer dans mes bras, sur ma poitrine, pour lui dire des mots très doux qui me montaient aux lèvres, des mots d'espoir et de consolation, des mots qui n'auraient été ni ceux d'une mère, ni ceux d'une sœur...

Mais, de la main, il me repoussa brusquement... brutalement même.

« Un prisonnier a sa fierté... laisse-le pleurer en paix, sans demander aux murs le secret de ses larmes... dis-toi que ta personne est la dernière qu'il souhaite voir auprès de lui », m'avait-il écrit.

J'avais oublié ces phrases, il s'en souvenait, lui ! Il était toujours dans les mêmes dispositions à mon égard que lorsqu'il les avait exprimées sur le papier.

En moins de temps qu'il ne faut pour le dire, elles traversèrent mon esprit comme de foudroyants éclairs, et je reculai, baissant la tête devant mon impuissance, le laissant libre de pleurer sans contrainte, puisque, de son propre aveu, je ne pouvais rien pour le soulager...

Alors, seulement, j'ai compris quels sentiments, peu à peu, s'étaient insinués en moi.

J'ai tout compris : mes troubles, mes craintes, mes silences et mes sautes d'humeur.

Et cette découverte mit en mon âme une infinie désolation.

Pauvre Marguerite, où ta folle imagination t'a-t-elle entraînée ? Par quelle aberration ou quelle sublime générosité féminine as-tu pu laisser ta pensée s'égarer sur un être aussi dénué de charmes que sir Roland ?

Puisses-tu bien vite revenir à ta sérénité d'antan ! Quand tu ne verras plus le prisonnier, ton trouble disparaîtra. Cet égarement de ton cerveau est le résultat de ta solitude, de tes rêveries, de ta sensibilité... de ta pitié, surtout !

Laisse passer les jours, pauvre insensée ! Tout s'apaise, car tout s'oublie...

Et pendant une heure, dans l'autre chambre, assise sur le bout de la chaise longue, les coudes aux genoux et le menton entre mes poings fermés, j'ai subi le martyre d'entendre les soupirs de sir Roland, quoiqu'il pleurât tout bas, et de ne pouvoir m'élancer pour les étouffer sous mes attentions et mon dévouement.

4 août, matin.

On est plus fort quand on connaît son intime faiblesse.

Depuis que je lis mieux en moi, je suis plus calme. J'ai retrouvé toute ma quiétude d'esprit. Je vais, je viens autour du malade sans être secouée du même émoi indéfinissable qu'auparavant. Je sais maintenant que c'est la pudeur seule qui m'empêche de frôler ses doigts et de plonger mes yeux dans les siens. Et cette réserve m'est infiniment douce !...

Soir.

O cruel ! qu'il m'a fait souffrir tantôt ! Il aura voulu se venger de ce que j'ai vu ses larmes la nuit dernière... Mais quelle âpreté dans son ton, pour la première fois qu'il me parlait ! Quelle ironie dans ses paroles !... Et c'est à moi qu'il s'adressait !... A moi, qui... Je n'en suis pas encore remise et des pleurs amers mouillent à nouveau mes yeux... Méchant, va !

Il venait de boire le bol de bouillon que je lui avais présenté, et c'est en me le remettant vide qu'il a prononcé les mots horribles, les mots qui furent des pointes rougies pour mon cœur et pour ma fierté.

— Je vous remercie, mademoiselle, des soins que vous m'avez donnés, m'a-t-il dit dans un français, absolument pur d'accent, qui me charma tout d'abord.

Mais, lentement, pesant bien sur chacune des syllabes qu'il prononçait, il a ajouté :

— Je voudrais pouvoir vous récompenser royalement... Malheureusement, je ne possède rien, ici, d'assez précieux qui puisse payer votre peine. Evérard Dunbuy, qui détient mes biens, s'en acquittera pour moi : je le prierai de vous doubler vos gages et j'espère qu'il ne refusera pas.

En parlant, ses yeux ne se détachaient pas des miens... Oh ! l'acuité de ce regard !...

Un cri de stupeur est venu mourir sur mes lèvres après qu'il eut parlé. J'ai pâli comme sous un affront ; et les yeux agrandis par la douloureuse surprise qu'il me causait, je l'ai regardé, incapable d'articuler un mot.

Mais, bientôt, je me suis redressée ; une colère grondait au fond de mon être meurtri et d'une voix frémissante dont j'essayais en vain de contenir les accents, je me suis écriée :

— Vous n'aviez pas besoin de me faire cette gratuite injure, sir Roland, pour me rappeler que je suis sans fortune. Je n'ai jamais oublié que je dois le pain que je mange, chaque jour, à la charité d'un parent. Mon tuteur, en m'obligeant à m'en nourrir, a négligé de me demander s'il m'était agréable de le recevoir ; et tant que je resterai près de lui, je serai obligée de l'accepter... ce qui ne veut pas dire que je lui en sais gré ! Ne vous mettez donc pas en peine pour me remercier de mes soins... Je vous les ai prodigués malgré vous et malgré moi : vous ne m'en devez aucune obligation.

Un sourire sarcastique a plissé les coins de sa bouche, et du bout des lèvres, avec un suprême dédain, il a répondu :

— Le comte Roland de Globerry n'a jamais rien dû à personne, pas même les services qu'il n'avait pas réclamés. On vous paiera et tout sera dit...

En toute autre circonstance, la révélation de son titre et de son nom aurait été pour moi chose importante. A cette heure, c'est à peine si je la remarquai.

De ne pouvoir l'empêcher de me parler ainsi, je tordais mes mains d'impuissance et je n'eus que ce cri de supplication et de reproche :

— Oh ! que vous êtes méchant !

Et affolée, sentant de lourds sanglots monter à ma gorge, je me suis enfuie dans l'autre chambre...

Oui, Goethe avait raison : la haine est sœur de l'amour... Pendant trois heures, j'ai détesté et maudit sir Roland et il a fallu, pour que je retournasse à son chevet, que Piercy qui, pendant ce temps s'était occupé de lui et avait préparé ses tisanes, vînt me tirer de ma douloureuse songerie pour me dire :

— Miss Margaret, la nuit est complètement venue... Si vous vouliez dîner tout de suite, il vous serait facile après de soigner mon jeune maître... Il est plus agité ce soir, la fièvre l'a repris et il ne veut rien boire avec moi.

— Comment cela ?... Il est plus mal ? balbutiai-je, essayant de ressaisir mes idées.

Le valet hocha la tête tristement.

— Hélas ! oui, et ce n'est pas ma faute, je vous assure. Vous me l'avez laissé tantôt en bon état, mais depuis il est devenu sombre. Il s'est tourné du côté de la muraille et j'ai eu beau lui donner de la tisane sucrée et bien parfumée, il n'a pas voulu la prendre.

Quoique n'ayant pas le cœur bien gai, je ne pus m'empêcher de sourire devant la mine contrite du pauvre diable.

— Prépare mon dîner ; je vais voir le malade pendant ce temps, dis-je.

Ce n'est pas sans un secret émoi que je me suis approchée du lit de sir Roland et que j'ai examiné sa figure rouge et décomposée par la fièvre.

Domptant ma fierté, je lui ai pris la main et tâté le pouls.

Comme il devinait ma présence et non celle de Piercy, il tourna la tête vers moi et ses yeux brillants cherchèrent à scruter mon visage pour se réjouir probablement de mon embarras. Seulement, malgré mon trouble intérieur, je réussis à paraître impassible et rien ne transpira de mes propres sentiments.

— Vous êtes un peu agité, ce soir, lui ai-je dit d'une voix très calme. Tenez, buvez, et ensuite essayez de dormir.

Mais il a repoussé la tasse que je lui tendais.

— Vous n'avez pas soif? fis-je toujours du même ton placide. Ce sera pour plus tard. Je vais mettre ce breuvage à la portée de votre main, vous pourrez le prendre quand il vous plaira.

Et, posément, j'ai mis la tasse sur la table de nuit; puis, quittant sa chambre, je suis allée manger. Mais je n'ai guère fait honneur, ce soir, au repas que Piercy m'a servi.

Je n'avais pas faim; mon esprit était bien trop tourmenté de ce qui s'était passé entre sir Roland et moi.

Minuit.

Il ne dort pas encore. Ses yeux grands ouverts fixent durement la muraille, un sourire méchant erre sur ses lèvres... Mon Dieu! est-ce l'affront qu'il m'a fait subir tantôt et les larmes que j'ai versées ensuite qui l'illuminent ainsi... Si oui? Pauvre de moi! Cet homme me hait de toute la haine dont un cœur est capable!...

5 août.

Sir Roland s'est entretenu, ce matin, avec Piercy pendant que je prenais mon petit déjeuner, et quand ce dernier est sorti de la petite chambre, il tenait un papier plié à la main.

— Miss Margaret, m'a-t-il dit, mon jeune maître m'a chargé d'une commission pour le baron ; tenez-vous à ce que je la fasse tout de suite ?

J'ai relevé la tête, un peu étonnée.

— Les ordres de sir Roland doivent passer avant les miens. Quelle idée te prend de demander mon avis pour les exécuter ?

Le valet jeta un coup d'œil vers la pièce voisine ; puis, se penchant, il me dit à voix basse :

— C'est que j'ai bien peur que ce ne soit quelque méchanceté contre vous... Chaque fois qu'il a écrit à sir Evérard, c'était pour se plaindre de moi et me faire punir... Je le connais, depuis treize ans que je le soigne, et je suis certain qu'aujourd'hui il médite de vous faire de la peine... Déjà, hier — pardonnez-moi d'avoir remarqué cela, miss Margaret — je vous ai vue pleurer. Alors...

— Alors ? fis-je froidement.

Devant mon air peu aimable, il hésita.

— Dame ! reprit-il pourtant. Si vous préférez que je déchire ce papier ?

Je me redressai brusquement.

— Tu es fou ! m'écriai-je. On t'a donné des instructions, exécute-les ponctuellement sans t'occuper du résultat qu'elles peuvent avoir.

— Mais si elles vous font pleurer, miss Margaret ? balbutia-t-il en baissant la tête tristement.

— Et que t'importe ! Est-ce que cela te regarde ?... Allons, tâche de t'acquitter fidèlement de ta mission, sans mettre ton nez là où il n'a que faire !

Piercy poussa un gros soupir et s'éloigna. Quant à moi, je suis restée toute pensive...

Oh ! sir Roland ! Que vous ne m'aimiez pas, la chose est naturelle, après tout ! Mais que vous cherchiez à me nuire, est-ce que ce serait seulement possible ?...

7 août.

Evérard Dunbuy m'a fait demander ce matin. Je me suis rendue aussitôt auprès de lui, car, depuis avant-hier, j'étais tracassée par ce que Piercy m'avait dit sur la commission dont sir Roland l'avait chargé.

Le baron m'a accueilli galamment, comme toujours, depuis quelque temps, avec des paroles mielleuses qui distillent du fiel dans chaque syllabe.

— Mes compliments et mes excuses, chère belle, m'a-t-il dit en se levant à ma vue. Grâce à vous, mon neveu va mieux et je ne raille plus vos talents de garde-malade. Au contraire ! Piercy, qui m'a tenu chaque jour au courant de la maladie, m'a raconté votre lutte incessante et votre dévouement de tous les instants. Encore une fois, merci : vous avez été admirable !

— Je n'ai fait que mon devoir de femme envers un être souffrant, monsieur. N'importe qui, à ma place, en aurait fait autant, répondis-je simplement.

— Heu ! vous êtes modeste... trop modeste, même ! Croiriez-vous — et cela me fait rire — que mon neveu vous a prise pour une servante ?

Il se mit à rire bruyamment, mais comme je restais sérieuse, il reprit, redevenant grave :

— Ne vous fâchez pas pour cela, Marguerite... Je m'empresse de vous dire qu'il rend justice à vos bons soins et il ajoute que, « ne sachant comment s'acquitter envers vous, il me prie de doubler vos gages ce mois-ci ». La phrase m'a amusé prodigieusement ; en revanche, l'idée m'a paru excellente...

— Quoi ! vous voulez ? interrompis-je, frémissante.

— Parfaitement ! il n'y a rien là qui doive vous froisser, ma chère ; je ne doublerai pas vos gages, mais je vais joindre une somme de deux cents francs à celle que je vous donne habituellement.

— Ce qui revient exactement au même, répliquai-je.

— Nullement ! D'ailleurs, je tiens à faire plaisir à Roland ; prenez donc ce que je vous offre en son nom, sans vous faire tant prier.

— C'est bien ! j'accepte ! interrompis-je brusquement, une rougeur d'indignation assombrissant ma face. Je vous demande seulement de me payer en papier et non en or.

Déjà, j'avais réfléchi à ce que j'allais faire de cet argent qu'on me forçait à prendre.

Le baron releva la tête, m'examina curieusement et une lueur de gaieté traversa ses prunelles.

— Comme vous voudrez... En chèque bancaire ou en billets de banque français... J'en ai quelques-uns. A votre choix.

— Cela m'est égal !

Il m'avança huit billets bleus de cinquante francs.

— Voici !... Drôle d'idée que de préférer le papier à l'or ; les jeunes filles, ordinairement, aiment le tintement joyeux du métal jaune.

— C'est que je ne suis pas une fille comme les autres, probablement ! fis-je, assez sèchement, en ramassant les billets.

Puis, me levant :

— Je vous quitte, monsieur, et je vais de ce pas remercier votre neveu : l'aubaine en vaut la peine.

— Bravo ! ma chère, s'écria-t-il en se frottant les mains avec affectation. Vous devenez plus souple qu'un gant... Tout à l'heure, quand je vous ai raconté la sottise de Roland, j'avais peur que vous ne m'avaliez : vos yeux étaient de vrais pistolets et votre poitrine se soulevait d'indignation. Fi donc ! prendre la belle Maggy pour une vulgaire servante ! Il faut pour cela avoir la cervelle troublée... Bref ! je n'étais pas du tout rassuré. Mais à peine ai-je fait chanter à vos oreilles la délicieuse promesse d'une récompense en espèces, à peine avez-vous entrevu un joli dessin des billets bleus, que votre visage s'est transfiguré. Mimi Pinson, pour bien moins, en aurait jeté son bonnet par-dessus les moulins ! Encore une fois, superbe Margaret, vous êtes adorable et je vous fais mes compliments.

Pendant qu'il débitait cette longue tirade sur un ton de persiflage non déguisé, j'avais atteint la petite porte du fond de son cabinet.

— Vous êtes trop bon, baron, lui répliquai-je avec hauteur, lorsqu'il eut fini de parler. Votre admiration m'écrase et vos compliments se trompent d'adresse. Permettez-moi de vous retourner ceux-ci, vous en êtes beaucoup plus digne que moi...

Et sur cette riposte mordante, ayant ouvert la porte, je me suis empressée de le quitter sans attendre l'effet produit par mes paroles.

. . . .

Oh ! comme je le hais, mon tuteur, à présent ! Il ne néglige rien pour me contrarier.

Ce qui m'étonne le plus, c'est qu'il ait accédé si facilement au désir de son neveu... N'a-t-il vu là qu'une occasion de m'humilier ?... Ou plutôt, ne serait-ce pas ?... Mais, oui ! Je n'en puis douter : il voudrait que sir Roland fût pour moi un objet d'aversion et de mépris. Il sait très bien que je suis chatouilleuse sur tout ce qui touche à ma fierté et que je ne manquerai pas de relever ouvertement l'impertinence du jeune homme.

Seulement, son calcul pèche par la base, il n'a pas prévu qu'un sentiment, plus fort que l'orgueil et plus doux que la vengeance, annihilerait ceux-ci...

Je suis certes très affligée du dédain et du mépris de sir Roland envers moi, mais je ne lui en veux pas et si je me propose certaine explication avec lui, quand il va se réveiller tout à l'heure, ce n'est pas par pure satisfaction d'amour-propre, mais bien pour essayer de forcer son estime ou tout au moins l'amener à une meilleure opinion de moi.

Même jour, soir.

Eh bien ! c'est fait. L'argent que j'avais accepté du baron, à condition qu'il me le donnât en monnaie de papier, a été détruit devant sir Roland.

— Mon tuteur m'a remis ce matin, en votre nom, une somme de deux cents francs, lui ai-je dit en le regardant bien franchement dans les yeux. Je ne vous en remercie pas, puisque en priant sir Evérard de me donner cet argent, vous ne vouliez que vous acquitter envers moi... Or, rien ne m'oblige à accepter votre libéralité, ni à recevoir aucun salaire : je ne serai pas la servante de quiconque voudra me payer !... Si je conservais cette somme, vous auriez, cette fois, vraiment un motif de me mépriser, mais comme je tiens à votre estime quoique vous me la disputiez chaudement, voici ce que je fais de ces beaux billets bleus...

J'ai fait craquer une allumette et en ayant approché les quatre billets, je les ai tenus embrasés devant lui jusqu'à ce qu'ils me brûlassent les doigts.

— Voyez, il ne reste plus qu'un peu de cendre noire.

Il me regardait d'un air glacial.

— Qu'est-ce que cela prouve ? répondit-il sèchement.

— Cela prouve, fis-je avec douceur, qu'il y a des choses qu'on n'achète pas et qu'on ne peut payer. De ce nombre est l'amitié et, sur ce point, vous serez toujours mon débiteur.

— Non ! parce que je vous paierai en haine ! s'écria-t-il durement. Je ne vous ai rien demandé, ni votre amitié ni votre dévouement. Pourquoi me forcez-vous à les subir ?

Devant le ton méprisant dont il avait parlé, je sentis des larmes monter à mes yeux.

— Vous avez raison, balbutiai-je en détournant la tête pour qu'il ne les vît point. Aussi, comme je ne veux pas vous importuner plus longtemps, je vais demander à mon tuteur de bien vouloir me relever de mes fonctions de garde-malade.

— Eh ! mon Dieu, oui ! Vous devez en avoir assez !...

Et il s'est mis à rire d'un rire méchant et ironique qui me poursuit depuis tantôt.

Je ne lui ai pas répondu... A quoi bon d'ailleurs, puisqu'il ne me comprend pas et qu'il n'a que des mots méchants à m'adresser ?

8 août.

Mon tuteur exige que je reste encore quelques jours auprès de son neveu, et je me suis vue forcée de faire part à celui-ci de la décision de son oncle.

Sur ce sujet, je m'attendais à quelque remarque peu obligeante pour moi ; mais le jeune homme a gardé un silence farouche.

Aujourd'hui, pour ne pas lui imposer ma présence, je ne suis restée dans le donjon que le temps nécessaire pour le soigner et je suis allée errer dans l'immense jardin dont je connais maintenant tous les coins.

Pas bien gai, ce grand enclos semé de ruines, dans lequel viennent se condenser les brouillards qui flottent sur le *glen.* Il semble encore plus enfermé et assombri par ses hautes murailles qui barrent l'horizon. Les lourds et massifs blocs de granit de la citadelle, qui se dresse dans le fond, l'écrasent et lui donnent je ne sais quelle intense mélancolie qui déteint sur moi. Souvent, en m'y promenant, je me prends à essuyer mes paupières humides, sans que je sache au juste quelle amère pensée a fait monter cette rosée à mes yeux.

9 août.

Sir Roland s'est levé aujourd'hui. Profitant de ce que j'étais descendue dans le jardin, il a appelé Piercy, et avec son aide, s'est habillé et s'est installé dans la première chambre.

Quand je suis rentrée, je l'ai trouvé frais, rasé et habillé avec soin. Il était assis dans un fauteuil auprès d'une des étroites fenêtres.

— Quelle imprudence ! me suis-je écriée, stupéfaite. Et vous ne m'avez pas consultée, ai-je ajouté aussitôt tristement.

— Je n'avais personne à consulter ! a-t-il répondu froidement sans détourner ses yeux du paysage qu'il contemplait.

— Ce qui revient à dire que je vous suis absolument inutile désormais, ai-je balbutié, déçue et mortifiée.

Il n'a pas répondu.

— Je vais vous servir à déjeuner, repris-je au bout d'un instant.

— Je vous remercie, fit-il alors en me regardant d'un air ironique. Piercy s'est acquitté de ce soin, tout à l'heure.

Ma suprise à cette annonce a été si grande que je n'ai pas trouvé un mot à dire, et la tête basse, sentant une amertume serrer ma gorge, je me suis dirigée vers la porte pour ressortir.

— Vous vous en allez, miss Margaret ? s'est informé doucement Piercy en voyant mon mouvement de retraite.

Pour lui répondre avec assez de calme, j'ai dû me contraindre.

— Oui ! Je reviendrai tantôt, quand... quand on aura besoin de moi.

— Mais vous n'avez pas mangé ?...

— Je n'ai pas faim.

Il me regarda avec des yeux tristes, des yeux de chien dévoué.

— Oh ! je vous en supplie, prenez quelque chose.

— Ne t'inquiète pas ! J'irai jusqu'à la salle à manger...

Jetant un coup d'œil vers sir Roland, indifférent en apparence, le valet reprit, si bas qu'à peine je l'entendis :

— Ne m'en veuillez pas, miss Margaret. C'est le jeune maître qui l'a exigé... Moi, je savais bien que ça vous ferait de la peine...

— C'est bon ! Tu as bien fait d'obéir. Je reviendrai tantôt.

Et je suis descendue, la vue égarée, sentant mon sang marteler mes tempes avec rage...

« Ainsi, il n'aura pas eu un mot aimable pour me remercier de mes soins, pensais-je. Au contraire !

A peine a-t-il la force de se passer de moi qu'il s'empresse d'en profiter pour me marquer quel cas il fait de ma personne...

O mon pauvre cœur humilié ! va pleurer en paix dans la solitude des grands arbres et des herbes folles, va cacher ta peine à tous les yeux... celui qui cause ton mal en rirait, s'il le connaissait !

10 août.

Puisque sir Roland se jugeait suffisamment fort pour se lever et se priver de mes soins, ma place n'était plus auprès de lui.

C'est ce que j'ai expliqué, ce matin, à mon tuteur en lui affirmant que son neveu était complètement rétabli. Sur ma prière, le baron a consenti à ce que cette journée fût ma dernière passée dans le vieux donjon.

J'aime autant ça ! J'étais à bout de forces. Obligée de veiller sur mes moindres actes et mes moindres paroles, craignant qu'un rien, dans mon attitude ou dans mon regard, ne heurtât l'orgueil du jeune homme, ma position n'était plus tenable.

Auprès de ma nourrice et loin de lui, je retrouverai ma quiétude d'esprit. Et, tout en supportant vaillamment le fardeau de cet exil à Malbackt, je sauvegarderai ma dignité et ma pudeur.

Aussitôt mon entrevue avec sir Evérard Dunbuy, j'ai fait part à sir Roland que j'allais le quitter.

— Ce soir, monsieur, vous serez débarrassé de mon importune présence, lui ai-je dit, affectant une indifférence que j'étais loin de ressentir.

Il a eu un brusque mouvement et, sans protester, mettant ses coudes aux genoux et sa tête dans ses mains, il s'est plongé dans ses réflexions.

Deux heures durant, il a gardé cette position, et pour l'en tirer et le contraindre à manger quelque chose, car il n'avait rien pris depuis hier soir, j'ai dû lui poser ma main sur l'épaule et le secouer doucement.

Il s'est redressé en sursaut et me regardant avec des yeux hagards :

— Que me voulez-vous ? m'a-t-il dit d'une voix méconnaissable. Je n'ai besoin de rien. Laissez-moi.

— Non. Je ne vous laisserai que quand vous aurez pris un peu de nourriture ; vous n'êtes pas encore assez fort pour vous en passer si longtemps. Allons, soyez raisonnable ! Sinon, pour vous punir, je resterai un jour de plus ici... Voilà une menace que vous ne souhaitez pas me voir exécuter.

Je m'efforçais de rire, mais ma voix sonnait faux.

Il me lança un regard farouche.

— Oh ! ne plaisantez pas ! s'est-il écrié. Vous ne savez pas... Non, vous ne savez pas !... Et vous ne saurez jamais...

Et se cachant de nouveau le visage dans ses mains, il a résisté à toutes mes adjurations pour lui faire boire seulement une tasse de lait.

« Je ne sais pas », a-t-il dit... C'est vrai, je ne le comprends pas ! Il est violent, ardent, emporté, sujet à de brusques changements qui me déroutent. Je crois connaître l'étendue de son malheur ; il me semble que je devine très bien toutes les douloureuses pensées et les affolantes rancœurs qui l'assaillent ; et, pourtant, il y a quelque chose qui m'échappe en lui... Quelque chose qui a empêché mon cœur d'arriver jusqu'au sien...

Soir.

C'est fini... le moment de la séparation est arrivé. Pour sir Roland, mon éloignement va être un véritable soulagement ; il me déteste tant ! Mais moi, quel martyre de ne plus le voir ! Et dire que s'il avait voulu... Mais on ne contraint pas le cœur à aimer. Sans me connaître, il me haïssait !

Mais quoi ? Je pleure !...

Allons, Marguerite ! Sois forte encore quelques minutes. Refoule tes larmes et oblige ta bouche à sourire ; nul ne connaît ta peine, ne la laisse pas deviner au dernier moment.

Ici, se termine mon journal, écrit dans le vieux donjon de Malbackt.

CHAPITRE XXI

C'est vers la fin du jour que je pris congé de sir Roland.

Depuis le matin, il était affaissé et paraissait en proie à de nombreuses et douloureuses visions dont je ne soupçonnais pas la cause.

Assis près de la fenêtre, il était resté des heures, le front collé aux vitres, ou la tête dans ses mains. Quand, parfois, son visage se tournait vers l'intérieur de la chambre, j'étais frappée de sa pâleur et de l'éclat hagard de ses yeux. Par moments, de longs frissons le secouaient tout entier ; ses mains se crispaient avec rage et ses lèvres remuaient sous des plaintes, des sanglots ou des menaces qu'il ne laissait pas échapper.

Son attitude pour cette dernière journée que je passai auprès de lui me semblait étrange, et plusieurs fois je cherchai en moi-même s'il n'y avait pas entre elle et mon départ un rapprochement quelconque ; mais cette supposition était tellement téméraire que je n'osai m'y arrêter.

Quand vint l'heure de le quitter, je m'approchai de lui et, d'une voix très basse, car j'avais la mort dans l'âme, je lui demandai si, avant de nous séparer, il n'aurait pas quelque recommandation à m'adresser.

— Non ! je n'ai rien à vous dire, dit-il d'un ton bref.

— Réfléchissez bien, insistai-je doucement. Je puis vous être utile, vous aider à reconquérir votre liberté, me charger de vos messages, aller trouver pour vous les gens que vous m'indiqueriez, comme pouvant vous donner assistance... Que de choses je me sens capable de faire pour vous rendre service !...

Il dit avec impatience :

— Je n'ai besoin de rien.

— Si ! Un prisonnier souhaite toujours recouvrer sa liberté... Votre détention est un crime...

— Mais non ! Puisque je suis fou !

Il ponctua sa phrase d'un éclat de rire nerveux qui me fit frissonner.

— Pourquoi dites-vous cela ? dis-je tristement. Je sais bien, moi, que ce n'est qu'un monstrueux mensonge, sous lequel Evérard Dunbuy abrite son forfait... Voyons, essayez de vaincre la répulsion que je vous inspire. Je vous en conjure, croyez-moi. Ayez confiance. Je vous suis dévouée et je hais vos ennemis. Que me faut-il faire pour vous être agréable ? Oh ! parlez vite ! Nous sommes seuls en ce moment ; dans quelques instants, Piercy va entrer et il sera trop tard...

Il passa la main sur son front avec lassitude ; puis, brusquement, d'une voix rauque :

— Non ! laissez-moi ! Pourquoi essayez-vous de me tenter ?...

— Je voudrais tant faire quelque chose pour vous...

Il haussa les épaules.

— Puisque je ne vous demande rien.

Je lui pris la main avec une douceur impérieuse

et me baissant vers lui, plongeant mes yeux dans les siens :

— Vous ne me demandez rien, parce que vous me détestez !... N'cst-ce pas que si c'était une autre personne qui fût là, devant vous, vous accepteriez son aide et ses offres de services ?

Il détourna la tête. Un large pli barra son front et creusa un sillon entre ses sourcils bien arqués.

— Peut-être ! murmura-t-il.

— Ah ! vous voyez bien ! m'écriai-je. Et parce que c'est moi... Comment votre antipathie peut-elle aller jusque-là ?...

Il dégagea sa main presque brutalement, puis les yeux fixes et durs, sans me regarder, il reprit d'une voix assourdie :

— Oui, avec une autre que vous, je parlerais ; j'agirais ! Mais vous... vous... je vous hais !

Je suis devenue très pâle à ces paroles. On a beau être maîtresse de ses impressions, ces mots « je vous hais », jetés par quelqu'un à qui on s'est dévoué, causent une telle douleur que le visage le mieux cuirassé la reflète malgré soi.

Il avait repris la pose accablée qu'il avait gardée toute la journée : son visage enfoui dans ses mains et ses coudes aux genoux.

— Vous... vous avez raison, bégayai-je, les lèvres tremblantes. Il faut que je vous quitte tout de suite... je vous ai assez importuné comme cela... Folle que j'étais ! Je croyais pouvoir vous toucher, à la dernière minute.

Un sanglot monta à ma gorge et, hâtivement, les yeux aveuglés de larmes, j'allai vers la petite table ronde y prendre quelques objets que j'y avais déposés en vue de mon départ.

Avec des doigts fiévreux qui tâtonnaient, je saisis ma tapisserie, mon châle, mon cahier, ces riens avec lesquels j'avais tué le temps depuis un mois.

Je m'en allais...

Un cri me retint sur le seuil et je me détournai vers sir Roland... Debout, pâle, méconnaissable, il attachait sur moi un regard dur et singulier que je ne lui connaissais pas... Il me semblait qu'il allait bondir de mon côté.

— Grand Dieu ! m'écriai-je, qu'avez-vous ?

Je fis un pas vers lui, mais il se détourna brusquement, s'enfuit dans l'autre chambre et, à la hâte, il referma sur lui la porte de communication.

J'hésitai un moment sur ce que j'allais faire ; enfin, avec un gros soupir, je me décidai à partir.

« Adieu, sir Roland ! Le sort en est jeté : je ne vous verrai plus ! » me disais-je en descendant l'escalier.

En bas, je dus attendre quelques minutes avant que Piercy ne vînt m'ouvrir la porte.

— Excusez-moi, miss Margaret. Je viens de chez le baron qui, justement, vous fait demander.

— Va en haut et soigne ton jeune maître, répondis-je. Il est tout drôle, aujourd'hui... Je ne sais pas si mon tuteur permettra que je vienne le voir. Dans tous les cas, je compte sur toi pour me donner chaque jour de ses nouvelles. Et s'il était plus mal, il faudrait le dire à sir Evérard et insister avec moi pour que je revienne le soigner.

— Je ferai comme vous voudrez, miss Margaret... Je puis même, si vous voulez, affirmer au maître que son neveu n'est pas rétabli et que vos soins lui sont encore très utiles.

Je toisai l'homme.

— Je ne t'ai pas demandé de mentir !

— Non, fit-il humblement, ce ne serait pas mentir que de dire cela... Je sais bien, moi, que votre départ va être funeste à sir Roland... Il fait comme ça le brave et le fanfaron devant vous ; mais Piercy, tout sot qu'il est, a des yeux pour regarder et une cervelle pour comprendre ce que ses yeux voient.

— Et qu'as-tu donc vu et compris ?

— Suffit... Je sais ce que je sais... Si je vous le disais, vous vous fâcheriez, c'est certain... alors ?...

— Alors, tu préfères ne pas répéter les balivernes qui te passent par la tête. Tu as parfaitement raison, car je ne suis guère d'humeur à les entendre. Va rejoindre ton jeune maître, et surtout évite de lui parler de moi : c'est ce que tu as de mieux à faire pour activer sa guérison.

Le valet, avec un sourire quelque peu railleur, me quitta, et je me dirigeai vers le cabinet de sir Evérard.

CHAPITRE XXII

Le baron m'interrogea sur l'état de santé de son neveu. Mes réponses le satisfirent pleinement et il me remercia avec chaleur d'avoir si bien mené cette guérison.

— Surtout, Maggy, acheva-t-il, n'oubliez pas que, pour tout le monde, Roland n'existe pas. Les uns le croient mort, les autres le supposent enfermé dans un asile d'aliénés, nul ne connaît la vérité. Vous seule et Piercy pouvez la révéler. Je suis sûr de la discrétion de ce dernier. Donc, si quelqu'un apprenait que mon neveu habite Malbackt, je serais obligé de vous soupçonner de cette délation... Même à votre nourrice, vous ne devez rien dire. Est-ce compris ?

— Il y a longtemps que vous vous êtes assuré de mon silence, fis-je en éludant sa question directe. Ne revenons donc pas là-dessus...

Je fus interrompue par l'arrivée de Piercy qui entra en trombe dans l'appartement.

Il paraissait violemment agité.

— Maître, vite, vite ! je ne sais quoi faire. On dirait que Milord est fou, *pour tout de bon,* cette fois. Il casse et brise tout ce qui se trouve sous sa main. Il se cogne la tête contre les murs. J'aurais bien voulu le maîtriser, mais il n'y a pas moyen de l'approcher; il s'est enfermé dans sa chambre quand il m'a vu venir vers lui.

— Malédiction! s'écria sir Evérard. Qu'est-ce que cela signifie?

— Un accès de fièvre, peut-être, balbutiai-je, devenue très blanche.

— Il faut y aller tout de suite! reprit le baron dont le visage était bouleversé par l'inquiétude.

Les deux hommes sortirent du cabinet. Sur le seuil, Piercy se retourna.

— Oh! venez aussi, miss Margaret, supplia-t-il. Le jeune maître vous écoutera, vous.

Je hochai la tête, peu convaincue.

— Allons, venez! cria impérativement mon tuteur.

Je les suivis donc.

En peu d'instants, nous eûmes atteint le vieux donjon.

Sir Evérard était si tourmenté, qu'oubliant ses précautions habituelles, il monta le premier l'escalier. Sur le palier, il s'arrêta, hésitant, et je l'y rejoignis.

Ce fut moi qui poussai la porte.

Un désordre inexprimable régnait dans l'appartement.

Sir Roland était debout au milieu de la première chambre. De colère, il était défiguré et hagard.

Autour de lui, des chaises gisaient, les pieds cassés; la table était renversée; les montants du chevalet s'éparpillaient sur le plancher, les coussins de la chaise longue, aplatis et foulés aux pieds, laissaient traîner à terre leurs volants et leurs dentelles déchirés.

Quelle rage de destruction avait donc saisi le malheureux après mon départ? Il n'y avait pourtant pas plus d'un quart d'heure que je l'avais quitté...

En me voyant entrer, il recula jusqu'au fond de la chambre et se cacha le visage dans ses mains comme si, devant moi, il avait eu honte de son comportement.

— Allez-vous-en, me dit-il d'une voix rauque. Vous voyez bien que je suis fou !

— Mais personne, sinon vous, n'a jamais douté de votre folie ! fit le baron, déjà rassuré de le voir vivant, sur un ton d'animosité tellement accusée que j'en fus glacée.

A la voix de mon tuteur qui se tenait dans l'embrasure de la porte, sir Roland poussa un rugissement de bête fauve.

— Oh ! vous ! vous ! Misérable assassin ! s'écria-t-il en découvrant sa figure.

Et saisissant une chaise à sa portée, il la brandit en l'air et d'un geste vigoureux essaya de la lancer à la tête du baron.

Il y serait certainement parvenu si un premier mouvement ne m'avait jetée en avant, dans le dessein d'empêcher le projectile d'arriver à destination. Seulement, ce fut moi qu'il atteignit et blessa assez fortement, me déchirant le cuir chevelu et me faisant une large contusion à l'épaule.

Le coup avait été si rude que je roulai à terre tout étourdie, le visage inondé de sang.

Un cri d'horreur de sir Roland accompagna ma chute.

— Marguerite ! Oh ! malheureux que je suis, je l'ai tuée !

Et il vint s'abattre, mortellement pâle d'angoisse, sa colère passée subitement, à genoux près de moi.

Il avait crié avec un tel accent de navrante

détresse que, malgré ma grande faiblesse, j'ouvris mes yeux et essayai de lui sourire pour le rassurer. Mais ayant perdu beaucoup de sang, cet effort épuisa mes dernières forces ; mes prunelles se voilèrent et ma tête roula inerte sur le plancher.

J'étais évanouie.

Tout cela s'était passé si vite qu'à peine les acteurs de ce petit drame avaient eu le temps de s'y reconnaître.

Epouvanté et craignant pour sa vie, Evérard Dunbuy avait jugé prudent de disparaître ; cependant, comme il était avant tout un homme froidement cruel, il ordonna à Piercy de profiter de la stupeur et de l'accablement de sir Roland pour s'emparer de lui et le ligoter.

C'est ce qu'exécuta le valet sans que le jeune homme opposât la moindre résistance, comme je l'appris plus tard.

Quand je revins à moi, j'étais encore dans le vieux donjon, mais étendue sur le lit de sir Roland. Tout de suite, mes yeux cherchèrent celui-ci dont je croyais encore entendre le cri de désespoir.

Mon tuteur seul se tenait auprès de moi et je ne vis personne d'autre dans la chambre.

Du regard, j'interrogeai le baron.

— Ne craignez rien, Margaret ! me dit-il sur un ton d'intense rancune. Cette brute de Roland ne me menacera plus et ne vous blessera plus de sitôt... Piercy s'est chargé de le mettre à la raison.

Il y avait tant de menaces dans sa voix qu'une vague inquiétude me saisit soudain.

— Où est-il ? bégayai-je en essayant de me mettre debout.

— Là où ses cris ne seront pas entendus et où ses coups ne seront pas dangereux pour quelqu'un.

Un sourire vindicatif plissait les coins de sa bouche et une flamme de méchante satisfaction allumait ses yeux gris.

Grand Dieu ! qu'avait-il fait de son neveu ?...

Une peur atroce me traversa l'esprit. Je me sentis devenir très pâle et il me sembla que j'allais défaillir à nouveau.

— L'auriez-vous tué ? demandai-je dans un souffle.

Il ricana.

— Si j'avais dû le tuer, je l'aurais fait plus tôt, répondit-il d'un ton cynique. Non ! Ne croyez pas ça ! Sa vie m'est trop précieuse pour que j'y porte atteinte et comme il pourrait lui prendre envie de se la supprimer lui-même, toutes les précautions possibles ont été prises pour l'en empêcher.

Se levant du fauteuil où il était assis, il se mit à marcher nerveusement à grands pas dans la chambre.

— Ah ! le gaillard, qui a la prétention de se venger, de lutter contre moi, marmottait-il rageusement entre ses dents. Chétif insecte qui n'a pas encore compris que je le réduirais en miettes, plutôt que me laisser vaincre par lui !...

Et comme s'il avait eu sir Roland devant lui, il saisit le pot à eau sur la toilette de fer et le jeta violemment à terre où il se brisa avec fracas.

Je fermai les yeux, frissonnante de peur, n'osant faire un mouvement dans la crainte que sa colère ne se retournât contre moi.

Je me sentais tout affaiblie par le sang que j'avais perdu ; mes blessures à la tête qu'une simple serviette humide entourait me faisaient horriblement souffrir et j'avais une si forte fièvre qu'il me semblait qu'un feu intérieur me brûlait la poitrine et la gorge.

Cet accablement de tout mon être ne fut point inutile en cet instant. Il est probable que si j'avais été moins abattue, j'aurais crié au baron l'immense dégoût qu'il m'inspirait, et dans son état d'exaspération, c'eût été de la dernière imprudence.

J'étais donc restée, anéantie et silencieuse, à moitié couchée sur le lit, mes pieds touchant le sol et ma tête reposant sur les oreillers.

Evérard Dunbuy me vit si blanche qu'il s'avança vers moi, et par une de ses volte-face dont il était coutumier, il me demanda presque affectueusement :

— Ça ne va donc pas mieux, Margaret ?

Je ne sais quelle heureuse inspiration, quelle crainte obscure et spontanée me poussèrent à lui répondre sur un même ton amical :

— Non... Je ne suis pas bien forte, encore.

— Désirez-vous quelque chose ?

— J'ai sommeil et si vous vouliez appeler Piercy, je regagnerais mes appartements avec son aide...

— Vous voulez retourner auprès de votre nourrice ? fit-il, méfiant, son air soudain durci.

Je devinai l'inquiétude qui le tourmentait.

— Il faut bien que je me fasse soigner à mon tour, expliquai-je doucement. Mais, soyez sans crainte, j'attribuerai ma blessure à une chute dans l'escalier.

— Et votre nourrice vous croira ?

— Oh ! certainement. Surtout si vous dites comme moi, affirmai-je sans sourciller.

Il sourit.

— Vous avez tout prévu !

— Dame ! il faut bien... puisqu'il m'est défendu de parler de sir Roland, répondis-je d'un air naïf.

Il parut enchanté de me voir si raisonnable.

— Venez donc ; je vais vous guider... Piercy doit être occupé en ce moment.

En parlant, il m'offrit son bras.

J'eus un léger mouvement de répulsion aussitôt réprimé, et quoiqu'il m'en coûtât beaucoup de m'appuyer sur l'homme que sir Roland avait désigné peu d'instants auparavant comme un assassin, je passai ma main sous son bras et, avec son assistance, je pus gagner ma tourelle.

CHAPITRE XXIII

Je fus plusieurs jours sans pouvoir quitter ma chambre à cause de mon extrême faiblesse, et pendant tout ce temps d'inaction forcée, mon esprit fut horriblement tourmenté sur le sort de sir Roland.

Qu'était-il devenu ? dans quel mystérieux endroit Evérard Dunbuy l'avait-il fait conduire ? par quel abominable châtiment s'était-il vengé de lui ?... Obsédantes questions qui me harcelaient sans cesse et me faisaient souffrir un véritable martyre moral !

Je n'en pouvais plus dormir et je passais des nuits atroces, croyant toujours entendre les plaintes du malheureux prisonnier arriver jusqu'à moi.

Benoise, à qui, naturellement, je n'avais pas caché la vérité sur la cause de mes blessures, ni sur tout ce qui s'était passé entre le malade et moi, dans le vieux donjon, ne savait par quels mots calmer mon angoisse. C'est en vain qu'elle essayait d'apercevoir Piercy pour l'interroger sur son jeune maître, ou, s'il refusait de répondre, pour l'espionner ; ce valet, retenu de l'autre côté de Malbackt, était absolument invisible.

Ainsi, rien d'autre que l'assurance donnée par mon tuteur de l'existence de sir Roland ne vint me soutenir durant les huit longues journées que je passai dans mon lit ou étendue sur une chaise longue.

Enfin, je pus me lever et descendre dans la salle à manger.

Mon impatience d'entendre parler du prisonnier était si grande qu'à peine avais-je pris place à table, en face de sir Evérard, j'osai, contre toute prudence, interroger celui-ci.

— Votre neveu est-il complètement rétabli maintenant ? lui demandai-je d'un air que je m'efforçais de rendre indifférent.

Le baron releva la tête qu'il tenait soucieusement penchée et, me regardant avec surprise, répondit :

— D'où vient votre audace de me poser une telle question ?... Vous oubliez qu'il pourrait vous en cuire de parler de certaines personnes devant des étrangers.

A ce rappel à l'ordre donné d'un air sévère, je me sentis rougir jusqu'à la racine des cheveux.

— Mais nous sommes seuls, en ce moment, balbutiai-je.

— Et qu'importe !... Le fait d'un valet écoutant aux portes n'est pas chose rare, je suppose !

Le ton de sécheresse avec lequel il avait parlé me glaça d'effroi. Il me semblait que ma question, quelque importune qu'elle fût, ne suffisait pas à le justifier, et tout en continuant de manger en silence, je cherchai à part moi si le baron n'avait pas réellement un autre grief à me reprocher.

Comme au sortir de table nous passions dans son cabinet pour y prendre le thé en travaillant, il me découvrit brusquement la cause de son mécontentement.

— Vous êtes-vous assez jouée de moi, Margaret, en me laissant croire que ma volonté seule vous retenait au chevet de sir Roland !...

Ne sachant pas au juste en quoi il avait à se plaindre de moi, je me gardai bien de souffler mot.

— Que mon neveu fût amoureux de vous, reprit-il, c'est ce dont je n'ai pas douté un instant, après son désespoir de l'autre jour, quand il vous vit blessée ; mais que vous partagiez ses sentiments, ma foi, cela me semble assez plaisant !... La belle Maggy, amoureuse d'un dément ! Le tableau est magnifique et manque à ma collection d'aberrations mentales que j'ai étudiées jusqu'ici, autour de moi.

Bien que ces paroles me déconcertassent complètement, j'eus assez de volonté sur moi-même pour n'en laisser rien paraître. Et, en répondant à mon tuteur, j'affectai d'être outragée de ses réflexions.

— Je ne comprends pas bien ce que vous voulez dire, monsieur ! fis-je avec hauteur. Si c'est une plaisanterie, je la trouve mauvaise et tout à fait déplacée de votre part. Mais si vraiment vous êtes sincère en nous supposant, votre neveu et moi, amoureux l'un de l'autre, cela ne fait pas honneur à votre perspicacité.

Il sourit, gouailleur.

— Ne vous débattez pas tant, ma chère ! fit-il en m'interrompant. Si je parle de l'amour de Roland, c'est que je n'ai point le moindre doute sur son existence ! Le pauvre insensé qui se cabre comme un poulain lorsque je le mets aux fers — car il est aux fers en ce moment, vous entendez ! aux fers dans un cachot profond, sous ce château, à l'abri de toute inquisition ! — il est, dis-je, devenu subitement doux comme un agneau. Il fait sa cour à Piercy qui lui apporte sa nourriture, et il s'abaisse même — lui si orgueilleux ! — jusqu'à le supplier de lui donner de vos nouvelles. C'est on ne peut plus touchant ! Et d'autant plus touchant que Piercy, se conformant à mes instructions, est devenu muet depuis huit jours ; si bien que mon neveu ignore actuellement votre guérison... Peut-être même vous croit-il morte, car je me suis bien gardé de lui faire dire que vos blessures n'étaient point mortelles. D'après cela, jugez si ses pensées sont roses !

Il avait débité lentement cette longue tirade, pesant bien sur chaque mot, comme pour mieux jouir de l'effet qu'elle produisait sur moi.

Il dut être satisfait.

En dépit de tous mes efforts pour paraître indifférente, une pâleur mortelle avait peu à peu envahi mon visage.

Apprendre que Roland était aux fers, dans un souterrain ; que Roland parlait de moi, était inquiet à cause de moi ; que Roland peut-être bien m'aimait — car, enfin, le baron avait raison, l'attitude du jeune homme, quand il m'avait vue à terre et couverte de sang, se prêtait à cette supposition ! souvent, depuis, j'y avais pensé — tout cela, arrivant brusquement à mon cerveau, alors que j'étais à peine remise de mes blessures à la tête, me laissait interdite, sans couleur, flageolant sur mes jambes, le cœur inondé à la fois de joie et de souffrance.

Devant la détresse peinte sur ma figure, l'œil de sir Evérard s'alluma et il en jaillit un éclair de satisfaction.

Cet homme était un véritable monstre à face humaine. Tel un fauve à la vue du sang, sa poitrine palpitait d'un émoi délicieux devant la douleur des autres !

— Quant à connaître la nature de vos sentiments pour Roland, je n'en suis pas éloigné, reprit-il en ricanant. Votre dévouement pendant sa maladie, votre précipitation à me demander de ses nouvelles, tout à l'heure, votre agitation, en ce moment, ne sont point faits pour me donner le change... Nouvelle Juliette, vous vous troublez quand on parle de Roméo!... Et la distance qui sépare le comte Roland de Globerry de l'humble orpheline? Et ma volonté de tuteur? Et l'aliénation mentale de l'amoureux? Vous avez vite passé par-dessus tout... Ces Françaises ne doutent de rien, vraiment!...

Ses sarcasmes poussés à l'extrême et prononcés d'une voix ironique au possible, eurent le don de dissiper ma faiblesse; mais en même temps ils me mirent hors de moi... malheureusement!

— Vous êtes un misérable! m'écriai-je. Non content de séquestrer un homme, de le rayer du monde des vivants, de vous approprier ses biens, vous poussez encore la cruauté jusqu'à le faire souffrir, jusqu'à le torturer avec un raffinement de sauvage... Oui! Vous avez raison, baron. Je me suis moquée de vous! Avant que vous m'ayez parlé de votre neveu, je savais son existence; et, déjà, je m'étais juré de le délivrer. Vous avez eu tort de ne point vous méfier de moi et de me conduire à son chevet : je le connais maintenant, je suis sûre qu'il n'est pas fou, comme vous avez cherché à me le faire croire et je suis prête à l'affirmer devant la terre entière. Je l'arracherai de vos griffes, misérable bourreau! Je vous mets au défi de m'en empêcher!

Emportée par la violence de ma colère, je ne mesurais pas la portée de mes paroles, et les mots jaillissaient, cinglants et brutaux, de mes lèvres pincées d'un rictus mauvais.

A mesure que je parlais, je voyais la face du baron devenir livide, ses traits se contracter hideusement, ses yeux étinceler d'un éclat effrayant... et, pourtant, je ne m'arrêtais pas. Ce débordement d'injures était comme un soulagement pour mon âme écœurée et depuis si longtemps obligée au silence ; en même temps, j'éprouvais une sorte de joie âpre à voir la physionomie de mon interlocuteur s'altérer sous mes invectives.

Cependant, à ma dernière apostrophe, à mon défi surtout, il poussa un tel rugissement de rage que je reculai instinctivement, comprenant, tout à coup, combien j'avais été follement imprudente de le braver ainsi.

— Ah ! vous me défiez ! Malheur à vous ! s'écria-t-il d'une voix sombre.

Saisissant un poignard byzantin qui lui tenait parfois lieu de coupe-papier et qui était à portée de sa main, sur son bureau, il le brandit en l'air, menaçant.

Je ne pus m'empêcher de fermer les yeux et, pour tout dire, je crois bien que mes dents claquèrent de frayeur pendant qu'un tremblement involontaire me secouait de la tête aux pieds.

Mais cette épouvante ne fut que passagère.

L'instinct de conservation, qui vit latent au fond de chacun, me fit rouvrir aussitôt les yeux et regarder le danger en face.

Comme sir Evérard, l'écume à la bouche, les yeux fixes et presque sortis de leurs orbites, le bras levé, marchait dans ma direction, je fis un bond de côté et je réussis à mettre la longue table chargée de volumes épars entre lui et moi.

Ce mouvement habile qui me mettait, pour une

seconde, hors de l'atteinte du couteau homicide, exaspéra encore le forcené.

— A nous deux ! rugit-il de nouveau. Tu en sais trop long, Margaret ! Il faut que tu meures !...

Et d'un pas d'automate, il fit le tour de la table pour me rejoindre.

J'étais acculée dans une impasse, entre l'angle de la muraille et le lourd guéridon.

Il m'aurait donc fallu sauter par-dessus ce dernier pour échapper à mon poursuivant et gagner la porte.

Si j'en avais eu le temps, je l'aurais fait ; mais déjà le baron était sur moi.

Je crus ma dernière heure venue. Au-dessus de ma tête, je voyais la longue lame du poignard briller d'un éclat sinistre.

Je ne sais à quelle impulsion j'obéis alors — j'étais absolument incapable de réfléchir — ni quelle voix mystérieuse, venue des profondeurs de mon être, dicta mes paroles, mais en cet instant, où je croyais voir la tombe s'ouvrir pour moi, je me contentai, pour toute défense, de croiser les bras sur ma poitrine et de m'écrier d'une voix forte qui vibra lugubrement, en cet instant tragique :

— Prenez garde, Evérard Dunbuy ! Il y a des yeux qui vous voient. L'ombre de la comtesse de Globerry se dresse derrière vous pour vous accuser...

Ce nom produisit un effet étrange sur le baron. Il blêmit et tourna la tête pour regarder en arrière, comme si vraiment il avait eu peur que la morte invoquée ne fût dans le cabinet. En même temps, son bras qu'il tenait levé se détendit et retomba le long de son corps.

Ah ! Roland ! dans votre délire, en accusant cet homme d'avoir tué votre mère, vous aviez dit la vérité ! Ce misérable était vraiment un assassin ! Le nom de sa victime suffisait à le terrasser.

O force des remords ! Le souvenir de son crime et l'instinctif mouvement de terreur qui en résultait me sauvèrent de la mort.

En effet, à peine l'éclat de l'acier cessait-il de briller devant mes yeux que, déjà, j'avais mis un genou sur le rebord de la table et, d'un saut, l'avais franchie. Puis, je gagnai la porte et l'ouvris. Mais là, avant de la refermer, avant de m'élancer dehors pour fuir mon agresseur, une curiosité plus forte que la peur me fit me retourner sur celui-ci.

Il semblait avoir oublié et ma présence et sa colère.

Son aspect, pourtant, n'était pas moins effroyable que l'instant d'avant ! Sa tête s'agitait convulsivement sur ses épaules secouées d'un tremblement nerveux, sa bouche se tordait, ses dents claquaient et ses yeux... Oh ! ces yeux pétrifiés entre les paupières démesurément dilatées, ces yeux qui semblaient contempler, avec une expression d'épouvante, quelque sinistre tableau, comment en peindre toute l'horrible angoisse ?...

Quelle plume pourrait rendre cette face grimaçante, tendue anxieusement pour observer un invisible objet, un cadavre vraisemblablement, cette face qui était plutôt celle d'un effrayant fantôme que celle d'un homme !

A la vue de mon tuteur en cet état, je fus saisie d'épouvante. Mon sang se glaça dans mes veines, la sueur perla sur mon front et mes cheveux se dressèrent sur ma tête.

En cet instant, si le baron était revenu à lui, il eût pu me rejoindre et me tuer sans que j'eusse trouvé la force de fuir, tant était grande la terreur qu'il m'inspirait soudain.

Cette absolue faiblesse de tout mon être physique et intellectuel dura à peine quelques secondes ; puis, bien qu'il me fût encore impossible de délibérer avec moi-même, de formuler aucune pensée dans mon esprit, je retrouvai, cependant, l'énergie de m'enfuir et je courus, tout d'une traite, jusqu'à ma tourelle, dont je verrouillai soigneusement la porte, derrière moi.

CHAPITRE XXIV

Quand, après cette heure tragique, assise dans ma chambre, au coin de ma cheminée où un bon feu de bois flambait, j'essayai de réfléchir à la terrible scène qui s'était déroulée entre mon tuteur et moi, je crus avoir été l'objet d'un hideux cauchemar tant l'aventure était invraisemblable en elle-même.

Cependant, je les avais vécus, ces moments terribles ! Et lorsque, vers le soir, j'entendis frapper à la porte d'entrée de ma tour, je me dressai pâle et tremblante, mon émoi bien prêt à renaître.

« Qui donc peut venir à cette heure ? » pensai-je, le cœur contracté par une peur inconsciente.

Benoise n'avait pas encore terminé sa besogne journalière, ce ne pouvait être elle. D'ailleurs, quand elle se servait du marteau de la porte, elle le faisait toujours très doucement pour ne pas m'effrayer ; or, les coups que j'entendais frapper étaient donnés avec énergie et assurance.

J'hésitai sur ce que j'allais faire.

Irai-je ouvrir ou non ?... Si c'était le baron ? Angoissante question !

Je ne me sentais pas assez forte pour me retrouver si tôt en sa présence... et, puis, ce n'était guère prudent : il ne devait pas avoir renoncé à ses projets homicides... au contraire !

En réfléchissant, je me disais bien qu'il ne pouvait les mettre tout de suite à exécution. Sa colère devait être tombée et il avait probablement cherché depuis, pour se débarrasser de moi, un moyen moins radical et moins dangereux que l'assassinat qui laisse toujours des traces.

Ces réflexions me donnèrent le courage d'ouvrir une petite lucarne, percée du côté de la cour intérieure de Malbackt, pour me renseigner sur la personne du visiteur.

Ayant passé ma tête par l'étroite baie, je demandai qui frappait et ce que l'on voulait.

— C'est moi, miss Margaret, je désire vous parler, me répondit la voix bien connue de Piercy.

Je respirai plus librement et mon cœur eut un sursaut de joie dans ma poitrine.

De tous les êtres qui pussent venir, Piercy était celui dont je souhaitasse le plus la présence, près de moi, en cet instant.

— Je vais t'ouvrir. Attends ! lui criai-je avant de refermer la lucarne.

Je descendis quatre à quatre les degrés de l'escalier et, les verrous tirés :

— Ah ! Piercy, lui dis-je, comme il y a longtemps que je voulais te voir.

— Parlez plus bas, me répondit-il seulement en franchissant le seuil.

Je m'aperçus alors de son visage inquiet et tourmenté.

Je voulus l'interroger mais il ne m'en laissa pas le temps.

— Qu'avez-vous fait et dit au baron, miss Margaret ? reprit-il après avoir, lui-même, repoussé la porte derrière lui. Le maître est dans un état !...

— Il est malade ?

— Pis que cela ! Il est hors de lui. Il sacre, jure et tempête. Votre nom revient sans cesse sur ses lèvres, avec toutes sortes de menaces... Pauvre miss, j'ai bien peur pour vous !

Je crus devoir lui expliquer ce qui s'était passé entre mon tuteur et moi.

— Ton maître m'a poussée à bout et je lui ai dit, en face, ses quatre vérités... Il ne l'avait pas volé, va !

Ma voix tremblait de rancune contenue.

L'homme me regarda avec tristesse.

— Les Français sont téméraires et risquent leur vie en jouant. Vous êtes trop brave, miss Margaret ; cela vous causera bien des malheurs.

— Crois-tu donc qu'on puisse toujours insulter les gens impunément ? m'écriai-je, les yeux étincelant au souvenir des injures que le baron m'avait si souvent octroyées. J'ai supporté bien des affronts, depuis quelque temps... la coupe était trop pleine, elle a débordé tantôt, il arrivera ce qu'il plaira à Dieu ! Mais ce n'est pas pour me faire des observations sur ma conduite que tu es ici, je suppose ?

— Non ! c'est le baron qui m'envoie vers vous, pour vous faire connaître ses volontés.

J'eus un léger haut-le-corps.

« Déjà ! » pensai-je.

Et tout haut, d'un ton ironique :

— Ah ! Il en a encore ! Savoir si elles seront les miennes... Dis-les un peu, pour voir.

Piercy hésita ; puis, se décidant, il me dicta les ordres stupéfiants de sir Evérard.

— Mon maître exige que vous ne quittiez pas votre tourelle, jusqu'à nouvel avis de sa part, et que vous ne cherchiez pas à savoir ce qui se passe en dehors de vos murs. Il vous défend aussi de communiquer avec ses gens et avec qui que ce soit, habitant ou non Malbackt...

A l'énumération des exigences du baron, j'éclatai d'un rire nerveux, quoique je n'eusse guère le cœur bien gai à ce moment-là.

— Tiens, parbleu ! Il se figure peut-être que je vais lui obéir docilement, ton maître !

Le visage du valet se fit très grave.

— Oui, mon maître le croit... Et moi aussi, ajouta-t-il plus bas.

Je sursautai à ses derniers mots.

— Par exemple ! Je voudrais bien voir qu'on m'empêchât de me mettre à l'abri, quand l'orage gronde sur ma tête. Le couteau dont il m'a menacée, tantôt, a brillé trop près de mes yeux pour que je ne cherche pas à fuir ce château maudit.

— Non, miss, vous ne chercherez pas à fuir, et si vous essayiez, c'est moi qui vous en empêcherais...

— Et pourquoi cela, drôle ? lui demandai-je en le toisant avec hauteur.

Il répondit, toujours du même ton grave :

— Parce que le baron, voulant être certain que vous ne tenteriez rien contre lui, s'est assuré de la personne de votre nourrice et l'a enfermée dans le vieux donjon que vous connaissez. C'est un otage entre ses mains et toute tentative d'évasion de votre part sera immédiatement suivie de vengeance contre...

Il n'acheva pas.

A cette révélation, je devins si pâle qu'il s'élança vers moi, croyant que j'allais défaillir.

— Ma nourrice ! Ma brave Benoise ! Oh ! le misérable ! Il a osé ! bégayai-je, suffoquée.

Vaincue par ce nouveau coup, je m'assis lourdement sur la dernière marche de l'escalier, et, prenant ma tête entre mes mains, j'éclatai en sanglots convulsifs.

Piercy me regardait avec des yeux apitoyés et ne sachant que dire pour arrêter mes pleurs, il tournait machinalement d'un air embarrassé son béret écossais entre ses doigts.

— Je vous en prie, ne pleurez plus. Calmez-vous !... Il faut que vous soyez forte pour arranger vos affaires... Pensez à votre nourrice et à sir Roland qui ont mis leur confiance en vous... Si vous saviez comme ce dernier est malheureux.

Je me dressai d'un bond.

C'est vrai !... Roland !... Je l'avais oublié.

Mais son geôlier était devant moi et pouvait parler de lui... Avoir enfin de ses nouvelles !

J'essuyai mes yeux et domptant mon chagrin, j'interrogeai Piercy.

— Ton maître parle-t-il quelquefois de moi ?

— Oh ! oui ! souvent... Je crois qu'il pense beaucoup plus à vous et aux blessures qu'il vous a causées, l'autre jour, qu'à sa captivité même. S'il n'avait dépendu que de moi pour vous être agréable, je l'aurais rassuré sur votre état, depuis longtemps, mais les clefs de son souterrain ne quittent pas le baron.

— Pourtant, quand tu lui portes sa nourriture ?

— Le maître m'accompagne comme s'il se méfiait.

— Alors, si je te suppliais de me ménager une entrevue avec sir Roland ? m'informai-je.

— Je ne pourrais rien faire, quand même je le voudrais, répondit-il en hochant la tête.

Je devinai à son ton qu'il disait vrai et je n'insistai pas.

Un instant, nous gardâmes le silence.

— Je ne puis rester bien longtemps avec vous,

sans donner l'éveil au baron, reprit Piercy. Je reviendrai tantôt vous apporter votre souper. Pour le moment, que devrai-je dire à sir Evérard de votre part ?

— Dis-lui... que...

Je m'arrêtai. Je n'avais pas réfléchi aux propositions de mon tuteur, à ses ordres, car étant complètement en sa dépendance, je n'entrevoyais guère le moyen de faire autre chose que son bon vouloir.

Le valet vit mon hésitation.

— Permettez-moi de vous donner un conseil, me dit-il. Il n'y a que moi, ici, qui connaisse véritablement Evérard Dunbuy et qui sache au juste de quoi il est capable. Aussi, croyez-en mon expérience, n'essayez pas d'entrer en lutte ouverte contre lui. Biaisez et rusez, c'est la seule façon avec laquelle vous puissiez agir sans attirer sa vengeance contre ceux que vous aimez.

— Que me conseilles-tu, alors ?

— D'accepter tout ce qu'il vous proposera, quitte à n'en faire ensuite qu'à votre guise.

— Heu ! Ce n'est guère loyal...

— Vous attendez-vous à de la loyauté de sa part ?

— Non, c'est vrai !... Mais es-tu sincère en me conseillant de montrer patte blanche ?

Je me reculai d'un pas et j'examinai avec une attention soupçonneuse la face bestiale de mon interlocuteur.

Il s'aperçut de ma méfiance et en parut attristé.

— Pourquoi me croire plus mauvais encore que je ne le suis ? J'ai juré que, moi vivant, il ne vous arriverait rien. Soyez donc tranquille ; sir Evérard ne touchera pas à un de vos cheveux.

— Cependant, tu es l'instrument de mon bourreau et tu t'apprêtes à être mon geôlier. Comment concilier tes protestations de dévouement et le rôle que tu remplis à Malbackt ?

A ma remarque, il baissa la tête, pendant qu'un large pli coupait en deux son front. Bientôt, il se redressa et me regardant en face, il s'écria d'une voix ferme :

— Croyez-moi : malheur à qui vous touchera !... Vous souvient-il de ce jour où vous vous êtes jetée entre le fouet et mes épaules pliées sous le châtiment, de ce jour où de vos propres mains vous avez pansé mon visage sanglant ? Peut-être ces faits sont-ils partis de votre mémoire ; moi, je ne les ai pas oubliés !... L'eau, que vous fîtes couler alors sur ma face souillée, lava sans doute mon âme, car je ne me suis pas reconnu ensuite et c'est en vain que je me suis cherché, depuis... Par cette sublime action de charité envers un misérable tel que moi, vous m'avez fait une vie nouvelle. Je n'existais avant que pour le mal. Maintenant, je connais le prix d'un sourire et d'une bonne parole. Je sais la douceur d'une bonne action, à présent, d'un être capable d'aimer, de se dévouer, de s'acquitter... Miss Margaret, je vous le prouverai.

La voix du malheureux avait sombré en prononçant ces dernières phrases et je crus voir ses yeux briller d'un éclat humide.

Profondément remuée par le ton sincère avec lequel il avait parlé, je m'élançai vers lui et voulus lui prendre la main pour la serrer entre les miennes, mais il s'y opposa.

— Non, miss ! je ne suis pas encore digne... plus tard, quand vous saurez tout. C'est à genoux, alors, que je vous supplierai de me tendre la main... Puissé-je, à ce moment, avoir suffisamment racheté mon passé de méfaits, pour que vous ne vous détourniez point de mon indigne personne.

Et après avoir essuyé d'un geste brusque ses paupières que des larmes bridaient, il prit congé de moi.

— Allons, je vous quitte. Soyez courageuse !... A ce soir !

Il ouvrit la porte et avant de s'éloigner dans l'obscurité — pendant notre entretien la nuit était complètement venue — il prit soin de donner les deux tours de clef qui devaient m'empêcher de quitter ma tourelle.

Le bruit de l'acier grinçant dans la serrure me rappela à la réalité que l'émotion du valet m'avait fait oublier.

« Prisonnière ! pensai-je sans trop d'émoi. Je suis prisonnière... Bah ! je m'en remets à Dieu et à Piercy pour me tirer de là. »

L'assemblage de ces deux mots me fit sourire.

Quelques minutes avant, cela m'aurait paru un sacrilège d'évoquer le nom du valet à côté de celui de la Divinité.

A présent, cela ne me choquait plus.

Mes idées sur Piercy s'étaient, en peu d'instants, considérablement modifiées. Ses paroles de dévouement et de repentir, son air de sincérité, son ton de véritable détresse, quand il parlait des erreurs de sa vie passée, en avaient fait un autre homme à mes yeux. Il me semblait soudain grandi et embelli. La créature vile et abjecte, que j'avais coutume de voir en lui, s'effaçait devant le pénitent cherchant à racheter ses fautes. La brute sauvage et lâche, n'agissant que par instinct, m'apparaissait comme un autre être fait d'une même substance que moi-même ; ayant comme moi un esprit et un cœur ; pouvant, comme moi, souffrir, penser, agir !...

Dieu soit loué ! J'avais découvert que Piercy avait aussi une âme...

CHAPITRE XXV

Piercy revint une heure après, comme il me l'avait annoncé, mais je ne le vis pas.

Il déposa seulement le panier qui contenait mon souper au bas de l'escalier et il se retira aussitôt, ne me donnant pas le temps de descendre pour lui parler.

J'avais le cœur bien trop angoissé, ce soir-là, pour pouvoir manger. Je me contentai de me verser un grand verre de vin, comptant le boire pour apaiser la soif qui me dévorait.

Mais, au moment de porter le breuvage à mes lèvres, une crainte subite me traversa l'esprit : le vin qu'on m'envoyait contenait peut-être du poison.

Ce soupçon fut si violent que je jetai bien vite, par la fenêtre, le liquide suspect, me contentant d'un verre d'eau claire pour me désaltérer. Malheureusement, je ne pouvais me défaire aussi aisément des inquiétudes qu'avait fait naître en moi cet incident.

Ma cervelle se mit à trotter de plus belle.

« Bien sûr, me disais-je, le baron compte se débarrasser de moi, par ce moyen-là. C'est de cette façon — si j'ai bien compris les étranges paroles de Roland, dans son cauchemar — qu'il a supprimé déjà la comtesse de Globerry. Le poison laisse si peu de traces et c'est si commode pour expédier les gens dans l'autre monde !... En quelques jours, on est à l'abri des gêneurs, sans scandale et sans bruit. Qui donc, en effet, si je disparaissais, s'inquiéterait de savoir si ma mort est due à une cause naturelle ou non ? Et même dans ce cas, le baron ne trouverait-il pas facilement à se disculper ?

La belle affaire, pour moi, d'ailleurs, une fois que je serais morte, qu'on soupçonnât mon tuteur de m'avoir empoisonnée ! »

A cette désagréable vision que mes esprits surexcités évoquaient devant moi, je sentais un frisson glacial me secouer de la nuque aux talons.

Brr ! Je ne voulais pas mourir encore ! Non pas que la mort en elle-même me parût bien redoutable — j'avais déjà tant souffert, que je faisais assez bon marché de ma vie — mais parce que périr ainsi, lâchement assassinée dans l'ombre, est comme deux fois mourir.

Et puis, mon existence était trop précieuse, à ce moment-là : qui donc, moi partie, s'occuperait de délivrer sir Roland, et de mettre ma brave Benoise à l'abri des vengeances du misérable Dunbuy ?

Non, je ne voulais pas mourir encore ! Il me fallait vivre, au contraire ! J'avais une double mission de charité et de châtiment à remplir, et cette mission m'était sacrée.

A moi donc de déjouer les plans infernaux de mon tuteur contre mon existence, quoique je fusse prisonnière et partant à sa discrétion. A moi de tout prévoir, de tout supposer, de tout soupçonner.

Et pour commencer, il fallait, à partir de cette heure, ne toucher à aucun des mets qu'on m'enverrait et me contenter, pour toute nourriture, du morceau de pain que Piercy, certainement, réussirait à subtiliser pour moi à l'office.

Il en fut ainsi les jours qui suivirent.

Piercy qui n'avait pas prévu le cas où le baron chercherait à me supprimer par le poison, en accepta tout de suite l'idée, dès que je lui fis part de mes craintes. Comme il lui en coûtait de me voir manger du pain sec et boire de l'eau claire, il déroba des fruits et une bouteille de vin pour me les apporter.

De cette façon, je ne souffris pas trop du nouveau régime auquel la prudence m'astreignait.

Deux jours s'écoulèrent, avec une pénible lenteur, sans qu'aucun fait saillant vînt en couper la désespérante monotonie.

D'être ainsi esseulée — moi, toujours habituée d'avoir ma nourrice à mes côtés, ou, à défaut d'elle, quelqu'un à qui parler — de ne pouvoir échanger mes idées, communiquer mes craintes et les discuter, raconter l'affolement de mon cerveau exalté, de ne pas avoir, enfin, un autre cœur pour décharger le trop-plein du mien, je souffris réellement beaucoup.

Aussi, pour couper un peu cette solitude morale, on devine avec quelle fébrile impatience je guettais, chaque matin et chaque soir, l'arrivée de mon fidèle geôlier.

C'était un soulagement de le voir, de l'entendre, de lui causer.

Et pourtant, il restait bien peu d'instants près de moi ! A peine le temps de me donner très brièvement des nouvelles de sir Roland et de ma nourrice ; et déjà, il me quittait, un pâle sourire d'encouragement aux lèvres.

Je remarquai qu'à chacune de ses visites, son

front devenait de plus en plus embrumé, ses yeux plus tristes, et son air plus inquiet.

Bien sûr, il devait redouter quelque chose de très grave...

J'aurais voulu l'interroger, lui demander ce qui le tourmentait, mais, prévoyant mes questions, il se hâtait de me quitter pour ne pas être obligé de s'expliquer et, par là même, me susciter des motifs d'alarme.

Le troisième jour, cependant, il ne put s'empêcher de me dire :

— Méfiez-vous bien, miss Margaret ! Depuis hier, le maître qui, jusqu'ici, était anxieux et renfrogné, est devenu subitement gai. C'est mauvais signe !

— Pourquoi ! Il s'adoucit peut-être.

— Cela, jamais ! Cet homme adore trop la vengeance. Si vous pouviez voir la flamme d'infernale satisfaction qui allume ses yeux gris, vous ne le supposeriez pas capable d'une trêve.

— Tu crois à autre chose ?

— Oui. Il aura trouvé, probablement, une combinaison quelconque pour se mettre à l'abri de vos dénonciations et, en même temps, se venger de vous, de votre défi, de la peur sincère qu'un moment vous lui avez inspirée.

Ce que Piercy conjecturait était vraisemblable avec un caractère comme celui du baron.

— Tant mieux si mon tuteur entre en lutte ouverte avec moi ! fis-je après quelques instants de réflexion. J'aime autant ça ! Depuis trois jours, l'incertitude me dévore... Ne pas connaître le danger qui me menace, n'oser rien faire dans la crainte que la moindre action ne soit suivie de sévices exercés contre ceux qui me sont chers, sont choses intolérables... Il me semble par moments que je deviens folle. Aussi, tout me paraît-il préférable à ces torturantes suppositions qui m'assaillent nuit et jour, et à cette inaction forcée à laquelle je suis réduite.

Le valet accueillit mes explications avec un bon regard de chien dévoué.

— Et puis, je suis là, moi ! Vous avez raison de ne pas avoir peur. Le baron ignore de quoi je suis capable, quand il s'agit de vous !

Je vis ses poings se serrer nerveusement et ses prunelles lancer de sombres éclairs menaçants.

— Qu'il se méfie ! Qu'il se méfie ! continua-t-il. Qu'il ne vous touche pas, ou sinon...

Il n'acheva pas, mais je compris son geste de menace et en dépit de mon aversion féminine contre tout acte de violence, j'approuvai ses paroles, d'un signe de tête accentué.

Comme je le comprenais, en cet instant !

Quoique je contraignisse mes pensées à ne pas envisager une telle éventualité, moi aussi, je me sentais capable de tuer le baron, plutôt que de me laisser écraser par lui, de supprimer la brute féroce et intraitable qui avait la prétention de nous anéantir, sir Roland, ma nourrice et moi, pour pouvoir jouir en paix de ses multiples méfaits.

Piercy me quitta et je restai encore une fois seule, l'âme remplie d'une extrême agitation.

Je passai une journée lugubre en tête-à-tête avec mes sombres pensées, croyant à chaque instant que mon tuteur allait me faire mander ou venir me trouver.

Une vision de sang se dessinait devant mes yeux égarés dont le rayon visuel semblait tourner en dedans, et je me surpris, plusieurs fois, à examiner la lame aiguisée d'un couteau de vénerie suspendu à une panoplie, au mur du salon.

A un moment même, je le décrochai pour le regarder de plus près.

Quand, après l'avoir remis en place, mes yeux rencontrèrent mon image dans la glace de la cheminée, je me fis peur, tant ma pâleur, l'air hagard de mon visage, le pli sinistre de mes lèvres, donnaient à ma physionomie un aspect tragique et résolu.

Grand Dieu ! A cette minute-là, la fille de mon père se sentait capable de tuer, elle aussi : elle osait envisager en face la mort d'un homme, avec une superbe indifférence !

CHAPITRE XXVI

Piercy était en retard, ce soir-là, pour m'apporter mon repas.

Assise sur la dernière marche de l'escalier de ma tour, je l'attendais.

Une bougie dans un flambeau placé à terre devant moi éclairait le passage, la porte et le recoin sombre où des instruments de jardinage se mêlaient en désordre à des outils de menuiserie et de maçonnerie, objets accumulés, en cet endroit, depuis des siècles à en juger par l'imposante couche de poussière, de plâtras, de débris de toutes sortes qui les recouvrait en partie.

J'attendais là, depuis quelques minutes, quand je crus percevoir un léger bruit de pas sur le gravier ; puis un frôlement près de ma tour, et soudain, à terre, je vis un coin blanc passer sous la raie noire de la porte.

Le coin blanc alla s'agrandissant.

C'était un papier plié en quatre qui apparut bientôt tout entier.

J'entendis encore un nouveau bruit de pas qui s'éloignaient et ce fut tout.

La surprise m'avait tout d'abord tenue immobile, la respiration suspendue, mais cette première inertie passée, je m'élançai vers le mystérieux papier et le dépliai.

Une écriture contrefaite couvrait une vingtaine de lignes :

« Si vous désirez rejoindre sir Roland de Globerry, en voici le moyen :

« Cherchez au rez-de-chaussée de votre tourelle. Dans un coin, sous une légère couche de terre, vous verrez une trappe de fer. Soulevez-la. Elle donne accès à un escalier de pierre qui conduit aux souterrains du château. En vous orientant, vous trouverez facilement le cachot du prisonnier, lequel est situé sous l'aile droite du derrière de Malbackt. Ne craignez rien. Il n'y a aucun danger, si vous agissez la nuit.

....

« Si le cœur de Marguerite pense encore au malheureux qu'elle a soigné avec tant de dévouement et qui, à cette heure, est brisé moralement et physiquement, qu'elle aille au plus tôt le réconforter par sa présence. Elle évitera ainsi un irréparable malheur. »

« UN AMI INCONNU. »

On conçoit facilement dans quel indescriptible émoi me jeta la lecture de ce laconique billet.

Voir Roland, lui parler, le soulager, l'aider peut-être à se sauver, et qui sait… qui sait ! entendre ses lèvres murmurer des mots d'amour…

O joie ! O bonheur ! N'y avait-il pas de quoi accélérer les battements de mon cœur, bouleverser mon être, m'élever au septième ciel, me rendre capable de toutes les audaces et me faire braver tous les dangers ?

Peu m'importait le nom de cet ami inconnu, de

celui qui m'avait envoyé cet anonyme billet — je ne pensais même pas à me le demander — pourvu que les renseignements qu'il m'adressait, concernant la trappe et l'escalier souterrain, fussent exacts.

Je n'eus du reste pas le temps de m'en assurer tout de suite, ni de démêler les multiples sensations qui m'agitaient, car le bruit d'une barre de fer, qu'on remuait à ma porte, m'annonça l'arrivée de Piercy.

Un mouvement machinal, irréfléchi plutôt, que je ne m'explique pas, même aujourd'hui, puisque j'avais une confiance absolue en ce valet, me fit dissimuler rapidement mon précieux billet.

— Vous m'attendiez depuis longtemps, miss Margaret ? Je suis en retard, me dit l'homme.

— En effet.

— J'étais auprès de sir Roland.

— Dieu ! à cette heure !... Serait-il malade ?

— Non, quoique à le voir si sombre et si abattu, on soit tenté de croire qu'il n'en vaut guère mieux...

— Alors, que faisais-tu près de lui ?

— Le maître m'avait dit de lui retirer ses fers.

— Ah ! quel bonheur !... Tu vois qu'il s'adoucit, ton maître !

Il hocha la tête.

— Non, non, je suis sûr que la joie féroce qui brille dans ses prunelles a une autre cause que la pitié. Je me demande même s'il n'a pas quelque sinistre projet contre son neveu... Oui, sûrement, je crois que celui-ci va courir un grand danger...

— Il ne faut pas laisser le baron accomplir ce qu'il projette ! m'écriai-je, subitement alarmée. Piercy ! Je t'en conjure, empêche-le de toucher à Roland !

D'un air embarrassé, il me répondit :

— Hélas ! je ne puis pas veiller à votre porte pour vous défendre s'il y a lieu et être à celle de sir Globerry en même temps.

— Ne crains rien pour moi ! répliquai-je vivement. Je suis libre d'agir à ma guise dans ma tourelle et par-là même, je puis lutter avec succès contre mon tuteur.

Comme il semblait peu convaincu de mes moyens de défense, j'ajoutai pour le décider :

— Vois-tu, je suis armée et prête à tout... à tout, me comprends-tu ? A tout, même à tuer !...

J'avais mis une telle énergie dans mes paroles qu'il ne douta pas plus longtemps.

— Alors, ce soir, cette nuit, vous vous dites capable de vous défendre seule ? demanda-t-il.

— Parfaitement. Ne quitte pas le baron, aie l'œil aux aguets, l'oreille aux écoutes et épie ses moindres gestes, car s'il arrivait malheur à ton jeune maître, je crois que je ne m'en consolerais pas.

Malgré la gravité du débat, Piercy sourit légèrement.

— Je vais tâcher de vous satisfaire, alors ! Veillez sur vous-même, miss Margaret ; moi, je m'occuperai de vos amis qui sont complètement sans défense.

L'idée de lui parler du billet mystérieux me traversa l'esprit à cet instant, mais la crainte qu'il ne m'empêchât de suivre l'avis anonyme qu'on m'y donnait me détermina à ne rien lui dire.

D'ailleurs, je pouvais agir avec assez de quiétude. Puisque ce valet me promettait de ne pas perdre de vue sir Evérard, je ne devais pas redouter que celui-ci m'assaillît, par derrière, au moment où j'y penserais le moins.

Donc, je laissai partir mon dévoué gardien, sans lui parler de ce qui me bouleversait tant.

A peine avait-il refermé la porte après lui que, déjà, je relisais attentivement les indications qu'on me fournissait pour découvrir la trappe et, sans plus tarder, impatiente de rejoindre sir Roland, excitée surtout à la pensée qu'un danger imminent le menaçait — danger révélé par l'écrit mystérieux et confirmé ensuite par Piercy — je pris le flambeau et, à la lueur de la bougie, je me mis à explorer les moindres recoins du rez-de-chaussée pour trouver l'entrée du souterrain.

Pendant un bon quart d'heure, j'examinai attentivement le sol, mais c'est en vain que mes yeux fouillaient de tous côtés, je ne vis rien qui décelât l'endroit de la fameuse trappe, la couche de terre dont elle était recouverte étant probablement trop épaisse pour la laisser deviner.

Alors, comprenant que je perdais mon temps sans chance de réussir dans mes recherches par le seul moyen du regard, je procédai autrement.

Prenant un des instruments de travail dont j'ai parlé plus haut et m'en servant comme d'un marteau, je sondai le sol autour de moi, convaincue que, quand mon outil frapperait au-dessus de la porte de fer, les sons deviendraient plus caverneux, comme si un écho assourdi les prolongeait.

Ce fut un travail minutieux et qui demanda toute mon attention, car je n'osais pas donner de grands coups, dans la crainte qu'on ne les entendît du dehors. Souvent même, je suspendais mon travail et j'écoutais, anxieuse, si aucun frôlement près de la muraille, ou un léger craquement sur le sable de la cour, ne me révélerait pas la présence de quelqu'un aux aguets.

Je commençais à désespérer de mener à bien mes recherches quand, après avoir déplacé les outils qui encombraient un des recoins, sous l'escalier donnant accès aux étages, un vibrement métallique répondit à mon coup de marteau.

Je me redressai d'un bond, un éclair de satisfaction faisant briller mon regard.

Joie ! ce devait, ce ne pouvait être que la fameuse porte de fer...

C'était bien elle, en effet !

En quelques instants, j'eus déblayé le sol, en cet endroit, des plâtras qui le recouvraient, et elle m'apparut, telle une grande tache noire au milieu de la couche grisâtre de poussière dont chaque chose était recouverte.

Le plus difficile fut de l'ouvrir. Fermée depuis longtemps, depuis des siècles peut-être, elle était comme cimentée.

Un anneau ovale, qui se voyait en son milieu, devait servir à la lever.

Je passai une barre de fer dans cet anneau et j'en appuyai une des extrémités à terre, du côté opposé à l'ouverture.

Agissant comme avec un levier, je réussis ainsi par une succession de pesées à ébranler la lourde trappe.

La sueur perlait à mon front quand, par un dernier effort, je la soulevai complètement.

Raconter la joie immense que je ressentis en voyant l'étroit escalier qui s'enfonçait dans les profondeurs de la terre est impossible.

Volontiers, j'en aurais ri, chanté, dansé...

Mes sensations tenaient du délire, et pendant quelques secondes, tout au plaisir de ma découverte, je restai immobile sur le bord du trou béant, le contemplant en une sorte d'extase.

Ah ! je ne fus pas longue pour me décider et pour me préparer à y descendre !

En peu d'instants, j'eus regagné ma chambre

afin d'y prendre de la bougie en quantité suffisante, au cas où mes recherches dans le souterrain se prolongeraient de longues heures. Puis, après avoir, par mesure de précaution contre toute visite insolite, verrouillé soigneusement les issues, portes et fenêtres de ma tourelle, je redescendis armée seulement du couteau de chasse dont j'ai déjà parlé.

Je le tenais ouvert dans ma main, bien décidée à vendre chèrement ma vie, si j'étais attaquée. Au fond, je ne croyais guère à une telle éventualité, sir Evérard ne devant pas rôder, la nuit, dans les souterrains de Malbackt.

Je m'engageai bravement dans l'étroit et sombre escalier que la lueur tremblante de ma lanterne n'éclairait que bien faiblement.

Aucune idée d'appréhension ne me venait, devant cette cavité mystérieuse, toute tissée de toiles d'araignées, qui s'ouvrait, effrayante de ténèbres, sous mes pieds.

J'allais vers Roland... vers Roland qu'un danger menaçait. Aucune autre pensée ne dominait mon esprit.

Je ne songeais même pas à m'étonner de me voir à cette heure, en cet endroit, pas plus qu'à me demander si l'avis anonyme qui m'avait décidée à cette excursion n'émanait pas de mon tuteur, n'était pas un guet-apens de sa part.

Loin de là, tout me semblait naturel, s'expliquait, s'enchaînait ; l'ami inconnu, son billet, la trappe, ma promenade nocturne... je ne m'effrayais de rien !

C'était comme une force invincible qui me poussait, comme un aimant qui m'attirait ; ou plutôt, j'allais, comme si, par l'effet d'une suggestion, j'avais obéi à une volonté autre que la mienne.

Aujourd'hui que je connais la fin de ces étranges événements, je crois tout simplement que ce qui me faisait agir était l'inflexible fatalité qui régit nos actions en dehors de nous, de notre vouloir, et qui nous pousse à les commettre, si bien que, souvent, après les avoir accomplies, on s'étonne, on cherche en vain, on ne s'explique pas à quel mobile on a obéi, en faisant ces choses parfois contraires à nos désirs, à notre état d'esprit du moment, à nos tendances, à notre nature même.

L'escalier s'enfonçait par des degrés très raides, en droite ligne, jusqu'à une certaine profondeur ; puis il tournait brusquement sur la gauche et se continuait pour aboutir à un couloir assez large, mais un peu bas de voûte.

Arrivée à celui-ci, je m'arrêtai et m'orientai.

J'avais compté quarante-neuf marches.

D'après ce que je connaissais des dispositions de Malbackt, je jugeai être sous les cuisines du château.

Sur cette seule supposition, j'allai de l'avant et tournai sur ma droite au premier carrefour d'allées, prenant bien soin d'examiner attentivement le sol devant moi, de peur de tomber dans quelques profonde oubliette comme la plupart des anciens châteaux forts en possédaient.

Pour avancer, j'étais parfois obligée de me courber en deux, la voûte du plafond étant très basse en certains endroits. Je ne marchais que très lentement, du reste, car la terre était jonchée de débris de toutes sortes.

A un moment même, il me sembla que mes pieds heurtaient des os de squelette.

Je fermai les yeux, frissonnante ; puis, courageusement, je sautai par-dessus, sans regarder, préférant ne pas m'assurer de la nature de l'obstacle que de m'effrayer davantage.

Heureusement pour moi, les couloirs souterrains de Malbackt n'étaient pas très enchevêtrés, sans quoi, n'ayant pris aucune précaution pour retrouver le chemin déjà parcouru, je m'y serais infailliblement perdue.

Je trouvai pourtant le moyen de m'égarer ; après avoir suivi une allée qui aboutissait à une sorte de cul-de-sac, je revins sur mes pas et m'engageai successivement dans plusieurs autres, sans issue également.

A la fin, cependant, l'une d'elles me conduisit à un vaste couloir dont le sol était battu comme s'il était parcouru fréquemment.

Je compris que je ne devais pas être loin du but de mes recherches. En effet, des portes de fer, de place en place, dans la muraille, semblaient indiquer des caveaux.

A leur vue, mon cœur se mit à battre de grands coups dans sa prison de chair. Roland était tout près de moi ; mon âme devinait sa présence derrière quelqu'une de ces sombres fermetures.

Oh ! la joie, l'ivresse de raconter ce qui suit !

Je m'avançai à l'autre extrémité du couloir et allant à tout hasard à une des portes, j'y frappai un peu fort afin de réveiller le prisonnier s'il dormait comme c'était probable.

L'écho répercuta lugubrement mes coups et, un moment, je fus effrayée de ce tintamarre que j'avais provoqué.

Comme je restais immobile, mon souffle retenu, regardant, apeurée, autour de moi si quelqu'un attiré par le bruit n'apparaissait pas, il me sembla tout à coup entendre derrière la porte à laquelle je m'appuyais un léger craquement suivi de pas étouffés.

Je retrouvai subitement tout mon courage.

— Sir Roland! Est-ce vous? Etes-vous là? demandai-je à voix basse, collant mes lèvres contre la rainure de la porte.

J'écoutai.

Un silence de mort semblait régner de l'autre côté de la muraille.

Pourtant, j'avais bien entendu... Je ne pouvais m'être trompée!

— Etes-vous là? fis-je encore. C'est moi, Marguerite!... Par pitié! sir Roland, répondez.

Alors, une voix... sa chère voix parla :

— Ciel! je deviens fou... J'ai cru entendre la voix de Marguerite.

— Oui, c'est moi! c'est moi! m'écriai-je, délirante de bonheur.

— Vous, vous! Que les dieux soient bénis, vous vivez encore!

Il se tut une seconde pour reprendre aussitôt :

— Mais ne pourrais-je vous voir? Cette porte fermée ne peut-elle s'ouvrir du dehors? J'ai remarqué tantôt qu'on avait laissé la clef dans la serrure.

Que disait-il!... La clef!... mais oui, c'était vrai. Elle y était!

Et en moins de temps qu'il ne faut pour l'écrire, posant ma lanterne à terre et mettant mon couteau entre mes dents, j'accrochai mes deux mains autour de son large anneau rectangulaire et la fis tourner sur elle-même.

Le pêne joua deux fois avec un petit heurt sec, la porte roula sur ses gonds, et Roland s'élança vers moi, m'attira d'une main contre lui, pendant que de l'autre il saisissait la lumière et la levait à la hauteur de mon visage, tout cela si vite, si vite, que je n'eus pas même le temps de m'y reconnaître.

— Ma chérie ! Ma chérie ! balbutiait-il d'une voix de rêve, comme si, dans son émoi, il était incapable de prononcer autre chose.

Grâce à l'éclat de la bougie qu'il projetait sur ma figure, je voyais sa tête toujours sérieuse, un peu plus pâlie et plus amaigrie encore qu'auparavant.

Il me regardait attentivement. Ses doigts se promenaient dans mes cheveux, contournaient mes oreilles, levaient ma natte pour examiner mon cou de plus près.

Malgré l'endroit et la gravité du moment, je souris.

— Que cherchez-vous ? Ne me reconnaissez-vous pas ?

Il répondit d'une voix tremblante :

— J'avais peur de vous avoir tuée... ou défigurée, tout au moins. Le Ciel m'a pris en pitié, sans doute, vous n'avez qu'une légère cicatrice derrière l'oreille...

— Qui ne sera même plus visible dans quelque temps, achevai-je.

— Dieu soit béni. L'idée que j'étais responsable des souffrances que vous enduriez, me rendait fou. Me pardonnerez-vous jamais, Maggy chérie, tout le mal que je vous ai fait ?... vos blessures, vos souffrances...

— Oh ! ce n'est rien. J'ai souffert beaucoup plus de l'ignorance où j'étais de ce que vous étiez devenu que de mes blessures...

Il ne répondit pas, se contentant de me regarder en face.

Pour la première fois, depuis longtemps, ses yeux rencontraient bien franchement les miens et s'y attachaient avec persistance.

Intimidée sous la douceur pénétrante de ce regard, me sentant rougir, je détournai la tête.

— J'ai eu bien du mal à arriver jusqu'à vous, murmurai-je pour cacher mon émoi.

— Racontez-moi cela, fit-il en souriant et en resserrant son étreinte. Mais d'abord, dites-moi, est-ce la liberté que vous m'apportez ?

Il ne put continuer.

Un ricanement prolongé, sinistre avec l'écho qui le répercutait, tinta à nos oreilles, lui coupant la parole.

— La liberté ! tout beau, mon neveu ! Les tourtereaux sont faits pour vivre en cage !

En entendant la voix maudite de mon tuteur, je poussai un cri d'immense frayeur et me rejetai en arrière.

Instinctivement, Roland se plaça devant moi comme pour me faire un rempart de son corps.

Cette précaution était inutile. Evérard Dunbuy ne pénétra pas dans le cachot.

Non, cet homme était bien trop lâche pour nous braver en face. Il se contenta de tirer la porte et de la fermer, sur nous, à double tour.

— Vous n'aviez pas prévu celle-là, Marguerite ! cria-t-il en ponctuant ses phrases de son rire sardonique. Je l'ai relevé, votre défi, et je vous prouve du même coup que je ne me trompais pas sur vos sentiments amoureux pour Roland. Ah ! ah ! ah ! que de sollicitude j'ai pour vous ! Voilà que je vous réunis à lui... Il vous appelait, vous vouliez le rejoindre : vivez ensemble d'amour et d'air. Je reviendrai voir dans huit jours si ce régime est favorable à votre santé. Bonsoir, mes tourtereaux.

Roland qui, durant tout ce discours, était resté immobile, les poings serrés de rage devant son impuissance, s'élança sur la porte et l'ébranla fortement aussitôt que le baron eut fini de parler.

— Evérard Dunbuy! s'écria-t-il. Vous ne ferez pas une telle chose. C'est moi qui vous en conjure. Ecoutez! Je suis prêt à signer tout ce que vous voudrez. Je renonce à ma fortune, à mes titres, à mon nom, au droit de vivre libre comme un autre homme. Je renonce à tout! A tout, pourvu que vous consentiez à ouvrir la porte à cette enfant. Vous ferez de moi ce qu'il vous plaira, mais qu'elle soit libre! Qu'elle sorte de ce tombeau! Vous n'avez rien à craindre, je me porte garant de son silence...

L'horrible rire du baron sonna encore, effrayant sous les voûtes du souterrain.

— Trop tard! Vos offres viennent trop tard, mon cher neveu, répondit-il d'une voix rugissante. Je leur préfère ma vengeance. Ah! vous ne savez pas quel feu divin coule dans mes veines à la pensée des tourments que va endurer votre jeune amie. Vous ignorez quelle ivresse je vais goûter en voyant la source de ses larmes se tarir et son corps se convulser sous les tenailles de la faim... O vengeance! verse ton nectar délicieux dans mon âme ulcérée!... Cette fille m'a bravé en face, moi que nul n'osait défier! Que tous les esprits des enfers m'éclairent de leurs lumières pour tirer satisfaction de ce qu'elle m'a fait souffrir!

La voix sardonique du baron cessa ses blasphèmes et nous ne perçûmes plus que le bruit d'un pas alerte qui s'éloignait.

Quand tout fut fini, Roland se tourna de mon côté.

Je vis sur son visage une telle altération, une telle marque de souffrance, que j'éclatai en sanglots.

— Oh! Roland, pardonnez-moi de n'avoir pas

prévu cela, balbutiai-je. Il n'y avait que moi, ici, qui pût vous défendre et vous délivrer... J'ai lâché la proie pour l'ombre ! M'excuserez-vous de m'être si grossièrement trompée ?

Il vint vers moi, me prit les mains et les pressa fortement dans les siennes.

— Ma pauvre enfant ! Comment avez-vous pu vous exposer ainsi ? Cet homme est sans pitié, il accomplira son infernale menace...

— Et vous souffrirez doublement à cause de moi, fis-je à travers mes larmes. Vous aviez raison, jadis, de me défendre de m'occuper de vous. La malchance me poursuit. Rien de ce que je fais pour vous porter secours ne réussit. Au contraire, j'augmente encore le poids de vos tourments... Au lieu de me plaindre, vous devriez me haïr comme avant...

Il m'attira brusquement contre lui, je sentis son souffle brûlant tout près de ma figure. Son bras entoura ma taille et il s'écria :

— Taisez-vous, Marguerite ! Oubliez tout ce que j'ai pu vous dire autrefois ; mon cœur était mort, alors. Il s'est réveillé depuis. Vous avez été mon étoile dans les ténèbres qui m'enveloppaient de toutes parts. Vous m'avez sauvé de moi-même, en me rendant à la foi et à l'espérance. Je ne croyais plus à rien : je crois maintenant au dévouement, au bonheur, à l'amitié, à l'amour ! Je crois à tout ce qui est bon et généreux, parce que votre bonté et votre générosité ont dépassé en sublime tout ce que l'imagination peut concevoir. Mon âme est sortie du tombeau où la tyrannie d'un monstre à face humaine l'avait fait entrer ; vous qui avez accompli une telle résurrection, soyez bénie !... Je vous adore ! Cessez de croire à la possibilité d'un reproche de ma part, quant à l'insuccès de vos tentatives de délivrance. Si je souffre en cet instant, c'est pour vous et non pour moi ; pour vous qui allez être condamnée à l'horrible supplice de la faim ; pour vous que je voudrais libre, tranquille, heureuse...

Il se tut soudain, et relâchant son étreinte, il parut écouter.

— N'avez-vous rien entendu ? me demanda-t-il à voix basse.

— J'ai cru entendre un grand cri, fis-je sur le même ton.

— Moi aussi... Serait-ce Evérard Dunbuy qui reviendrait ici ?

— Je ne crois pas. C'était comme un cri de lamentable détresse ou un appel d'horrible anxiété.

— A cette profondeur, les moindres bruits prennent des tons effrayants, expliqua-t-il. Je ne distingue plus rien ; nous nous serons trompés.

Nous écoutâmes encore quelques instants ; puis, mettant notre fausse alerte sur le compte d'une erreur de nos oreilles, nous allâmes nous asseoir l'un près de l'autre, sur le rebord de l'étroite couchette de fer dressée dans le fond du cachot pour servir de lit au prisonnier.

La lanterne, toujours allumée, fut placée devant nous sur un escabeau de bois.

Roland exigea de moi l'histoire de ma vie, tout entière, et je la lui racontai le plus succinctement possible, car elle n'avait rien de particulièrement amusant. Elle ne devenait vraiment intéressante que depuis mon arrivée à Malbackt ; or, mon ami connaissait cette deuxième phase, presque aussi bien que moi-même.

Quand j'eus satisfait sa curiosité, il me fit connaître par suite de quelles douloureuses circonstances il était devenu la victime de l'infâme Dunbuy.

Contre mon attente, j'appris que celui-ci était bien son oncle, puisqu'il avait épousé la propre sœur de la comtesse de Globerry. Cette sœur était morte, après quelques mois de mariage, presque vers le même temps où le père de Roland perdait la vie dans un terrible accident de chasse dont les journaux parlèrent beaucoup sur le moment.

Ce double décès rapprocha Evérard Dunbuy, homme de position obscure et de fortune nulle, de sa riche et puissante belle-sœur, avec laquelle il n'avait, pour ainsi dire, jamais eu de relations suivies.

La comtesse de Globerry était une femme de grand cœur et de haute intelligence, mais malheureusement de caractère faible.

En quelques mois, le fourbe Dunbuy eut captivé la confiance de la trop généreuse veuve. Il devint d'abord un commensal assidu de celle-ci, jusqu'à ce qu'à force d'adresse, il réussît à s'installer chez elle, à demeure.

Quoique assuré désormais d'une vie large et facile, le misérable voulut plus encore.

L'immense fortune de Roland, qui n'avait que douze ans à cette époque, le fascinait.

Pour pouvoir en jouir librement, en disposer à sa guise, il alla jusqu'au crime. La comtesse de Globerry étant tutrice légale de son fils, il la fit disparaître par le moyen du poison et se fit nommer tuteur à sa place.

L'agonie de la malheureuse femme fut atroce. A sa douleur physique, s'ajoutèrent des tourments moraux.

A la porte du tombeau, ses yeux s'ouvraient en grand et elle démêlait le véritable caractère de son beau-frère. Elle comprenait son ambition effrénée, sa soif d'argent pour la satisfaction de laquelle il ne reculerait devant rien, ses manœuvres homicides dont elle était la première victime : elle entrevoyait le sort affreux de son fils, proie facile entre de telles mains cupides.

Dunbuy s'aperçut de la clairvoyance de la mourante. Craignant que son crime ne devînt inutile, il éloigna tout le monde de la chambre où elle agonisait, afin de l'empêcher de parler.

Le petit Roland resta seul auprès de sa mère qu'il adorait à l'égal d'un dieu. Ce fut lui qui recueillit les accusations que la bouche maternelle portait contre le vil parent.

Il jura de tirer vengeance du meurtrier de celle qu'il avait tant aimée.

Mais que pouvait faire un faible enfant contre un être du caractère d'Evérard Dunbuy ?

La lutte était trop inégale.

Quand le misérable comprit que les révélations de l'orphelin étaient dangereuses pour sa sécurité, il le séquestra, de façon qu'il ne pût communiquer avec personne. En même temps, il répandait autour de lui le bruit d'un dérangement cérébral causé par la douleur de la perte cruelle que l'enfant venait de subir...

A cet endroit de son récit, j'interrompis Roland.

— Vous n'aviez donc aucun autre parent... pas même un ami qui s'intéressât à vous ? lui demandai-je.

— Si, il me restait encore d'autres membres de ma famille, mais aucun d'eux ne s'occupa de moi. Je n'ai jamais su par suite de quelles adroites manœuvres Evérard Dunbuy avait obtenu ce résultat.

— Pourquoi l'idée d'une séquestration vint-elle

à l'esprit du misérable ? interrogeai-je encore. Ne pouvait-il pas vous supprimer comme il l'avait fait pour votre mère ?

— Impossible ! Moi mort, la fortune passait en d'autres mains ; mais dans aucun cas, elle ne pouvait lui revenir, cet homme n'étant mon oncle que par alliance.

— Ah ! je comprends pourquoi il redoutait tant votre mort, il y a quelques semaines... Mais continuez, je vous prie.

— Que vous dirai-je encore ? reprit Roland. Sous le prétexte de me changer d'air, afin de m'arracher à mes sombres souvenirs, mon bourreau m'amena ici, à Malbackt. J'y vécus solitaire comme en un cloître, libre pourtant entre ses hauts murs, jusqu'à ce qu'un jour, excité par toutes les rancœurs amassées au fond de mon âme contre le meurtrier de ma mère, j'accablai celui-ci d'insultes et de menaces.

« Furieux d'avoir été bravé et menacé par moi, il m'enferma dans le vieux donjon où vous m'avez aperçu la première fois.

« J'avais alors dix-sept ans. J'en ai trente, à présent ; c'est-à-dire qu'il y a treize longues années que, volontairement, l'infâme m'a rayé du monde des vivants.

Roland se tut, le front plissé par le souvenir cruel des événements qu'il venait d'évoquer.

Je le regardais, les yeux baignés de larmes.

Il tourna la tête vers moi.

— Comme vous avez souffert, oh ! mon ami ! bégayai-je, la gorge contractée.

— Oui, atrocement ! Jusqu'au jour où, comme un esprit céleste, vous m'êtes apparue pour la seconde fois au pied de ma prison... Vous souvient-il, vous étiez sur le bord du *glen ?*

— Si je me souviens ! m'écriai-je. J'ai pleuré assez ce jour-là.

Il porta ma main à ses lèvres.

— Pardonnez-moi. J'étais plus malheureux que vous en cet instant... Vous ne me connaissiez pas, alors que moi, je vous aimais déjà...

— Comment cela ? fis-je, incrédule.

— Chaque fois que Piercy venait me visiter, il me parlait de vous... Il ne tarissait pas d'éloges sur la fameuse Française dont tous les habitants de Malbackt raffolaient, si bien que, sans vous avoir jamais vue, je vous connaissais déjà. De là, à désirer vous apercevoir, à vous aimer même, il n'y avait pas loin : l'imagination suppléa à ce qui manquait...

— Pourquoi, alors, recevoir si mal mes avances ?... Oh ! cette lettre que vous m'avez jetée de votre fenêtre, comme elle me fit mal ! J'ai cru, sur le moment, que j'allais vous haïr.

— C'était ce que je cherchais... ce que j'ai toujours cherché depuis.

Je sursautai.

— Vous souhaitiez ma haine et vous dites m'avoir aimée, depuis longtemps, m'écriai-je. Je ne comprends plus.

Il hocha la tête pensivement.

— Est-ce que je me comprenais moi-même à cette époque ? murmura-t-il. Vous oubliez combien j'étais aigri contre tout ce qui vivait et était libre... Au fond de mon âme, je ne voulais pas reconnaître ces sentiments d'amour que vous m'inspiriez... D'ailleurs, je vous croyais vraiment envoyée vers moi par Evérard Dunbuy, pour me tourmenter, et ma fierté était trop grande pour que je pusse admettre, même vis-à-vis de moi, avoir été touché par votre présence.

— C'est égal, vous étiez un singulier amoureux! fis-je en riant pour adoucir l'amertume de ma remarque. Tout le temps de votre maladie, vous n'avez voulu ni me parler ni me regarder... Cependant, vous deviez bien voir que je n'étais pas avec vos ennemis. Je vous le prouvais suffisamment, il me semble!

Roland me regarda comme amusé de mes observations.

— Je m'apercevais même très bien de vos sentiments pour moi. Ce n'était pas bien difficile à découvrir, je vous assure! répondit-il, légèrement railleur.

Je devins écarlate, un peu honteuse d'avoir provoqué une telle riposte.

— Mon attitude d'alors vous surprend? reprit-il, redevenant sérieux. Pourtant elle était naturelle et commandée par les événements. L'intérêt que vous me marquiez pouvait vous être fatal. Dunbuy ne vous l'aurait pas pardonné, s'il l'avait connu. D'autre part, prisonnier, sans espoir de pouvoir recouvrer ma liberté un jour, avais-je le droit de parler d'amour à une femme? C'eût été un manque de raison et de délicatesse. La loyauté ne m'obligeait-elle pas à détacher cette femme de moi si, par malheur, elle s'oubliait à m'aimer?

Je pris un air scandalisé.

— Par malheur? Alors vous regrettez qu'il en soit ainsi!... Eh bien! c'est aimable.

— Oh! Marguerite! pouvez-vous le croire?... Je regrette que vous m'aimiez parce que cela vous lie à moi dont le sort n'est pas brillant... Je le regrette pour vous, mais non pour moi qui suis heureux de ne pas vous être indifférent.

Comme en finissant de parler il portait de

nouveau ma main à ses lèvres, je fronçai les sourcils avec affectation.

— Eh bien ! la loyauté, la raison, la délicatesse ! Qu'est-ce que vous faites de tout cela en ce moment ? m'écriai-je. D'où vient que vous osez me faire la cour ? Vous trouvez-vous moins prisonnier, aujourd'hui qu'il y a quinze jours ?

Il me regarda, interdit ; mais voyant que ma colère était feinte, il sourit et répondit :

— Certes non ! Je ne suis pas moins prisonnier à cette heure qu'autrefois : seulement, vous l'êtes autant que moi en ce moment et cela, en nous rapprochant, change considérablement les choses.

Sa réponse nous remit en mémoire toute la précarité de notre position. En un clin d'œil, notre gaieté factice s'envola et nous devînmes silencieux.

Les phrases acerbes du baron retentissaient de nouveau à nos oreilles : « Vivez d'amour et d'air, avait-il dit, je reviendrai voir dans huit jours si ce régime est favorable à votre santé. » Effrayante menace qu'il mettrait sûrement à exécution.

A l'idée des tortures qu'il allait falloir endurer, un frémissement de révolte me secoua.

— Quel monstre !... C'est horrible de mourir de faim ! murmurai-je.

— Cela rend méchant, fit Roland rêveusement.

— Méchant ? répétai-je, ne comprenant pas.

— Oui, n'avez-vous jamais entendu dire que les bêtes sous les morsures de la faim deviennent féroces ?

— Mais nous ne sommes pas des bêtes, nous ! répliquai-je, un peu interloquée de sa comparaison.

Il répondit, toujours de son même air grave dont il ne se départait que bien rarement :

— Non, mais notre être physique est véritablement assujetti aux mêmes besoins que n'importe quel animal... Donc, concluez.

— Eh bien ! tant mieux si je dois devenir féroce ! m'écriai-je d'un ton convaincu. De cette façon, quand le baron reviendra, je lui sauterai à la figure.

— Il se gardera bien de venir lui-même ; il enverra d'abord Piercy nous faire entendre raison.

— Piercy ! fis-je en me levant vivement, le regard tout illuminé.

Le nom de ce valet venait de me rendre toute ma sérénité.

— Nous sommes sauvés ! Nous sortirons bientôt d'ici !...

Le jeune homme m'examina avec surprise, se demandant si les événements des derniers jours n'avaient point troublé ma raison.

— Vous ne me comprenez pas, repris-je, devinant sa préoccupation, parce que vous ignorez jusqu'à quel point cet homme m'est dévoué... Mais vous verrez... Je n'ai plus peur de rien : Piercy veille, il ne peut pas nous arriver malheur.

— Je ne crois pas au dévouement de ce colosse, prononça Roland froidement, avec une sorte de mépris. C'est une brute n'agissant que par instinct et incapable du moindre bon sentiment.

Je pris chaleureusement la défense du pauvre diable qu'il maltraitait de la sorte.

— Vous vous trompez... Longtemps, moi aussi, j'ai cru que ce malheureux n'avait de l'homme que les apparences. J'ai reconnu depuis peu mon erreur. Croyez-m'en, reprenez courage, le salut viendra de sa main.

Me rasseyant près de lui, je lui racontai les profonds changements survenus dans le caractère de son geôlier.

J'eus beaucoup de mal à le convaincre des

bonnes intentions de celui-ci à notre égard, car il prétendait le connaître mieux que moi ; mais j'y parvins, pourtant, et le reste de la nuit s'écoula à faire des beaux projets pour le cas où, vraiment, cette tragique aventure se terminerait par notre délivrance.

CHAPITRE XXVII

Il pouvait être huit heures du matin quand nous crûmes entendre un singulier bruit dans le couloir où ouvrait notre cachot.

Nous écoutâmes, retenant notre respiration pour mieux reconnaître la nature des sons étranges qui frappaient nos oreilles.

On eût dit qu'un corps lourd se traînait péniblement à terre. Il nous semblait même distinguer le souffle d'une respiration haletante, comme entrecoupée de sourds gémissements.

— Il y a quelqu'un de malade derrière ce mur, murmurai-je très bas à Roland.

En disant ces mots, je me rappelai soudain le cri que nous avions entendu la nuit dernière, peu de temps après le départ du baron.

— C'est peut-être Evérard Dunbuy qui sera malencontreusement tombé en s'en retournant, répondit mon compagnon à qui la même pensée surgissait. Affaibli par sa chute, il aura dû attendre le jour pour sortir de ces souterrains.

— Ou plutôt ne serait-ce pas Piercy qui vient en cachette nous délivrer ? On dirait que les frôlements qui nous occupent se rapprochent de notre caveau.

Nous attendîmes, anxieux.

Dans le silence, on entendait presque distinctement le battement de nos cœurs alarmés. Nous avions la prescience que quelque chose de grave allait se passer.

Tout à coup, nous sursautâmes. De l'autre côté de la porte quelqu'un s'informait faiblement :

— Etes-vous là, tous les deux ?

Malgré la faiblesse de la voix, je reconnus Piercy.

— Oui, nous sommes là, répondis-je joyeusement. C'est toi, Piercy ?... Qu'y a-t-il ? Serais-tu malade ?

— Hélas ! je crois bien que je vais mourir...

— Grand Dieu ! que dis-tu ?

— Que j'avais juré de vous consacrer ma vie, miss Margaret, et que j'ai tenu parole...

Il parlait si péniblement que j'en eus froid au cœur.

— Je ne comprends pas très bien... Voyons ! ne peux-tu nous ouvrir ? Si tu es souffrant, nous te porterons secours...

— Vos soins me seront inutiles, je le crains fort... mais peu importe, après tout, pourvu que vous et votre compagnon soyez libres... Là ! là ! Que je suis faible ! Il me faut pourtant me dresser pour arriver à la clef... Encore un effort et je suis debout... m'y voici... Sale serrure ! Elle est dure à ouvrir comme si le diable l'habitait...

Il devait joindre le geste à ses paroles car nous percevions le bruit de ses mouvements.

Il mit cinq minutes au moins à ouvrir la porte. A peine fut-elle entrebâillée que Roland s'élança dehors en poussant un cri de délivrance.

— Vite, Marguerite, sortons d'ici.

— Pas besoin de vous presser... le baron ne vous

fera plus de mal, murmura Piercy à peine distinctement.

Nous nous tournâmes vers le pauvre diable que dans notre joie, nous allions oublier.

Debout, le dos appuyé contre la muraille, ses mains semblaient comprimer sa poitrine, il était mortellement pâle.

— Mon brave ami, qu'est-ce que tu as? m'écriai-je la gorge contractée par l'émotion de le voir en cet état.

— Pour vous délivrer, j'ai dû attaquer le maître... il s'est défendu et m'a frappé, expliqua-t-il.

— Tu es blessé ?

— Un coup de stylet en pleine poitrine... Je suis fichu ! Quant à votre tuteur, il a cessé d'exister et son cadavre est déjà froid. Lorsque, cette nuit, je me suis senti blessé à mort par lui, j'ai mis mes mains autour de son cou... En tombant évanoui, je l'ai entraîné avec moi. Ce matin, mes doigts étaient encore crispés à sa gorge...

En entendant ces détails, un cri d'horreur vint expirer sur mes lèvres, et, presque malgré moi, mes yeux se portèrent, avec une sorte de peur sur ses énormes mains.

Il devina mes pensées, car il murmura en baissant tristement la tête, comme s'il éprouvait le besoin de s'excuser :

— C'était pour vous délivrer, miss Margaret. Le maître aurait fini par vous arracher à la vie...

— Tu as bien fait! intervint Roland. J'aurais voulu que le misérable assassin de ma mère pérît de ma propre main ; le sort en a décidé autrement, ma vengeance m'échappe... Cela vaut mieux peut-être ainsi. Un comte de Globerry n'aura pas trempé dans l'assassinat d'un parent... même pour se venger.

— Alors ! vous êtes content ?

— Oui ! et je te remercie. Quels que soient tes torts passés envers moi, je les oublie, en faveur du généreux mouvement qui t'a poussé à nous porter secours...

— C'était surtout à cause de votre jeune amie, murmura le valet presque honteux d'être félicité d'une action qu'il trouvait probablement toute simple.

— C'est surtout à cause d'elle que je te remercie. Donne-moi ta main, Piercy... Marguerite avait raison : tu es un homme.

Je vis la main aristocratique de Roland presser les doigts calleux de son ancien geôlier.

Ce geste me parut si beau et si grand que des larmes mouillèrent mes yeux.

« Oh ! mon ami très cher ; aujourd'hui cher compagnon de ma vie, vous m'apparûtes alors comme un être nouveau que je ne connaissais pas et devant lequel s'effaçait le Roland que j'avais coutume de voir, le Roland grincheux et maussade du vieux donjon. Votre front semblait auréolé de noblesse, comme celui des anges est couronné de roses. Votre personne paraissait faite pour dominer la foule, le moindre de vos gestes empreint de grandeur ; enfin, dans vos prunelles qui brillaient d'un éclat impérieux et tendre à la fois, je croyais voir se réfléchir la longue lignée d'ancêtres dont vous étiez issu. Oui, très cher ami, c'est ainsi que je vous vis, ce jour-là, c'est toujours ainsi que je vous ai vu depuis. »

Mais je reviens à mon récit...

Avec l'aide du comte, Piercy put faire quelques pas, gravir l'escalier et gagner le rez-de-chaussée de Malbackt, car nous avions tous hâte de quitter les sinistres souterrains où tant de choses s'étaient passées.

Quand il me fallut passer auprès du corps rigide d'Evérard Dunbuy, étendu au bas des marches, je crus que j'allais défaillir.

Sa tête convulsée avec ses yeux écarquillés dans leurs orbites et sa bouche tordue et grimaçante était horrible à voir.

Devinant mon émoi à la pâleur subite de mon visage et au tremblement qui m'agitait tout à coup, Roland vint vers moi et appuyant délicatement ma figure contre son épaule pour me dérober la vue du cadavre, il m'enleva dans ses bras et me porta jusqu'au haut de l'escalier.

— Il me faisait beaucoup plus peur mort que vivant, lui dis-je à l'oreille pour tout remerciement.

Il sourit et m'embrassant pour la première fois bien tendrement au front, répondit :

— Ne vous excusez pas, Marguerite. Votre frayeur a eu son bon côté... Si vous étiez toujours brave, je n'aurais jamais le plaisir de vous protéger et, franchement, pour un mari, ce ne serait pas un beau rôle.

Je le regardai, divinement heureuse qu'il eût, dès les premières minutes de son retour au milieu des vivants, établi notre situation l'un vis-à-vis de l'autre.

Il m'avait donné le baiser des fiançailles, à partir de cette heure, je lui appartenais tout entière pour la vie.

La longue histoire que j'ai entrepris de conter tire à sa fin.

Il me reste encore à faire connaître au lecteur le sort des principaux personnages du récit.

Ma nourrice — je commence par elle, l'excellente femme ! — en me retrouvant, pleura de joie.

Je crois bien même que, sur le premier moment, elle sauta au cou de Roland qui lui avait ouvert la porte du donjon et qu'elle le gratifia de plusieurs gros baisers.

Elle m'a avoué depuis que, pourtant, il lui avait fait peur.

— Il était trop pâle et trop sérieux, voyez-vous... J'aurais pu aussi bien le prendre pour un revenant !...

Mettons donc ses démonstrations affectueuses sur le compte de la frayeur et n'en parlons plus...

Elle a, depuis cette époque, épousé John, le fameux vaguemestre du baron. Ils habitent maintenant en France et dirigent, aux environs de Caen, une charmante petite ferme que Roland leur acheta comme cadeau de noces.

Passons, maintenant, à Piercy.

La blessure du malheureux était bien mortelle, comme il l'avait prévu.

J'assistai à sa mort qui eut lieu le soir même de notre délivrance. Avant de succomber, il me fit connaître en quelques mots sa lamentable vie.

Enfant abandonné, sans parents et sans amis, il avait roulé de bouge en bouge. Commençant par de légères indélicatesses, il continua par le vol avec effraction et finit par l'assassinat de deux vieillards qui le surprirent au moment où il forçait la serrure d'un secrétaire.

Condamné de ce chef par les tribunaux anglais à être pendu, il réussit à s'échapper, erra pendant huit jours sans nourriture et s'en vint un soir tomber de faiblesse, de fatigue et de besoin, à la porte de Malbackt.

C'est alors que le baron le fit ramasser et soigner par ses gens ; puis, il l'engagea lorsqu'il fut rétabli.

— J'étais obligé de lui obéir aveuglément, me

déclara le moribond. Il m'avait menacé de me livrer aux policiers, à la moindre tentative de rébellion de ma part... J'avais eu tort de lui raconter mon histoire, car de l'instant où j'eus parlé, je ne m'appartins plus. C'est ainsi que je détestais mon maître, mais que par peur j'exécutais ses moindres ordres ; lui, de son côté, avait une confiance absolue en moi, quoiqu'il me méprisât, pour le moins, tout autant !... Cela aurait pu durer longtemps encore, si vous n'étiez venue, miss Margaret, m'arracher à la funeste influence de votre tuteur... Maintenant que j'ai pu vous être utile, je meurs content... Vous êtes là, près de moi... En fermant les yeux pour la dernière fois, j'emporterai la vision de votre angélique figure. Je suis heureux ! C'est bon de ne point mourir comme un chien, tout seul, dans un coin... Et puis, peut-être bien qu'à présent, vous voudrez encore, malgré tout ce que je viens de vous raconter, me tendre la main.

Je la lui tendis aussitôt. Je fis même plus encore. Me penchant vers lui, je mis sur son front le baiser du pardon.

— Meurs en paix, Piercy... Au nom de l'humanité pour laquelle tu fus autrefois un danger, je crois pouvoir te pardonner tes fautes. Puisse le Ciel ratifier mes paroles...

— Amen ! prononça gravement Roland debout derrière moi.

Et il s'inclina devant le mort, car la joie que j'avais causée au moribond, par mes paroles et par mon baiser, avait avancé le fatal dénouement.

On enterra le lendemain le maître et le serviteur dans le fond du jardin solitaire. C'est là que ces deux hommes, de nature si dissemblable, dormiront, côte à côte, durant l'éternité.

La justice ne se mêla pas de cette mort, Evérard Dunbuy étant si peu connu et son neveu, par délicatesse, préférant laisser dans l'ombre le véritable caractère de cet infâme parent.

Malbackt n'existe plus. Trop de souvenirs y étaient restés attachés ; Roland voulant à tout jamais ensevelir le passé a fait raser la forteresse. Seul, le vieux donjon se dresse encore solitaire sur le bord du *glen ;* j'avais demandé grâce pour lui, elle me fut accordée pleine et entière. Le temps le détruira peu à peu ; déjà, ses murailles sont bien lézardées, mais quand il aura cessé complètement d'exister, je serai morte, depuis longtemps. Je n'aurai pas été témoin de la disparition de l'endroit où, pour la première fois, je rencontrai Roland, de l'endroit où la petite fleur bleue de l'amour germa dans nos cœurs.

CHAPITRE XXVIII

J'ai fini. Je pose la plume.

Roland, à mon côté, immobile dans son rocking-chair, semble contempler quelque lointain tableau estompé de gris et de brume.

Autour de la terrasse sur laquelle j'écris, la belle campagne bretonne resplendit sauvage et superbe sous les rayons dorés du soleil couchant. Au-dessus d'un coteau couvert de sombres bruyères, un grand calvaire se dresse tout blanc sous le ciel d'azur.

Dans le lointain, la mer majestueuse, aux flots agités, se colore de mille teintes du crépuscule, alors qu'à l'horizon un long rouleau de nuages miroitants apparaît comme une terre de feu émergeant des flots.

Tout est calme et silencieux dans notre cher castel. Par moments, pourtant, les cris joyeux de nos enfants qui s'ébattent dans le parc, montent jusqu'à nous et nous font tressaillir.

Ces voix jeunes nous rappellent à la douce réalité du présent et font envoler bien loin les sombres réminiscences d'un passé douloureux, auquel, presque malgré nous, se reportent parfois nos pensées.

Laissons-nous bercer de vos accents charmeurs,

ô voix fraîches et argentines de nos enfants qui êtes le sourire et l'espérance !...

— C'est bien tout, n'est-ce pas, Roland ? Je n'ai plus rien à ajouter ?

En souriant, je me penche vers mon compagnon et pose ma main sur son bras pour attirer son attention.

Il me regarde, et de son ton doux et légèrement grave qui est toujours resté le sien, me répond :

— Oui, tout !... Comme les peuples, les gens heureux n'ont pas d'histoire. Que voudriez-vous ajouter encore, sinon que, grâce à vous, je suis le plus heureux des hommes !

Il se lève et, prenant mon cahier, il le feuillette silencieusement. Soudain, il s'écrie :

— Il y a une erreur, une très grande erreur !

— Où ça ?

Debout, derrière lui, je me hausse sur la pointe des pieds pour essayer de lire par-dessus son épaule.

— Ici. Vous dites avoir reçu mon premier baiser à la sortie des souterrains...

— Eh bien ?

— C'était le second.

— Comment cela ?

Je l'examine, interloquée.

Amusé de ma rougeur subite, il reste quelques secondes sans répondre. Puis, tranquillement, pour jouir de ma confusion, il explique :

— L'autre... le premier, je vous l'avais donné un soir que, de frayeur en voyant mon délire, vous vous étiez évanouie. Epouvanté de vous sentir inerte dans mes bras, j'avais retrouvé subitement ma raison. Vous porter dans l'autre chambre et vous étendre sur le canapé fut l'affaire d'un instant... seulement, il m'eût fallu être plus fort que je ne l'étais pour ne pas profiter de l'occasion qui s'offrait à moi — à moi qui avais juré de ne jamais vous faire connaître mon amour — de baiser vos traits adorables... Vous me pardonnez, Marguerite, mon audace d'autrefois ?

Le polisson ! il n'a même pas de repentir ! Au contraire, on croirait qu'il est heureux d'un tel souvenir.

Que faire pour le punir ?

Parbleu ! lui infliger le plus pénible supplice qu'on puisse imposer à un homme marié depuis cinq ans déjà.

— Je suis très fâchée contre vous, monsieur mon mari. Aussi, pour votre pénitence... embrassez votre femme.

Et pendant que l'ombre descend sur la terre et nous enveloppe de mystère, Roland, comme jadis dans le vieux donjon, pose longuement ses lèvres sur mon front.

Tout est paix, tout est silence autour de nous, pourtant la brise qui souffle de la mer semble parler à nos oreilles. Et nous croyons distinguer ces mots :

« *Dévouement, Courage, Amour !...* trois talismans pour être heureux. »

FIN

Achevé d'imprimer en mars 1983
sur les presses de l'Imprimerie Bussière
à Saint-Amand (Cher)

— N° d'édit. 7. — N° d'imp. 2451. —
Dépôt légal : Avril 1983.

Printed in France

ISBN 2-235-01044-X